"Олег Павлов стал широко известен после публикации в "Новом мире" романа "Казенная сказка" и выдвижения его на Букера. Павлов попал в финальную тройку, и хотя лауреатом стал Георгий Владимов, само "попадание" двадцатипятилетнего тогда автора было сенсацией".

"Новая Сибирь"

"Можно было б сказать, что он ворвался в литературу, не сделай он этого спокойно и как-то сосредоточенно. Букер-95, засветивший Павлова "широкой общественности", лишь подтвердил неофициальный статус печатающегося в течение шести лет прозаика".

"Независимая газета"

Олег Павлов СТЕПНАЯ КНИГА

Олег Павлов

СТЕПНАЯ КНИГА

Повествование в рассказах

Санкт-Петербург
Лимбус Пресс
1998

Олег Павлов

Степная книга: Повествование в рассказах. — СПб.: Лимбус Пресс, 1998. — 160 с.

Действие новой книги московского писателя Олега Павлова — автора романов "Казенная сказка" и "Дело Матюшина", получивших широкое освещение в прессе, — разворачивается в Армии, на просторах среднеазиатских степей. Это, пожалуй, первое истинно *художественное* произведение на "армейскую" тему, посвященное людям, пытающимся не только выжить, но и *жить* в условиях полной изоляции от "нормального" мира. И главное в романе — своеобразный, лишь отчасти вызывающий в памяти прозу А. Платонова, точный и абсолютно индивидуальный язык создателя "Степной книги".

ISBN 5-8370-0213-8

Биографическая записка

Я родился, что можно считать судьбой, в Москве в 1970 году, время самое бездвижное. Ничего кроме Москвы да Киева, куда отсылали ежегодно к бабке с дедом, кругом себя не видел и не знал. Семья наша рано распалась, так что я рос без отца – с мамой и сестрой, которая старше меня на девять лет. Жили бедновато. Много с детства читал, что мне и подходило по характеру – был впечатлительным, ленивым, как все дети в бедноватых семьях, где нет отца.

Очень любила читать мама, не могла без книг, всегда что-то читала – и ходила в районную библиотеку, куда и меня привлекла. Чтение стало для меня с детства занятием как бы осознанным и взрослым, я ходил как взрослый в библиотеку! Сказок, рассказов для детей я так и не узнал в детстве. Библиотечная же полка состояла из классического набора пыльных книг, но почти средневековых и не из русской литературы, то есть неузнаваемых, потусторонних. Они даже на вид были старыми, Бог знает какого года издания. Я неожиданно воспитался этими книгами, точно из прошлого века барчук – читая рыцарские романы Стивенсона, путешествия Жюля Верна. При этом чтение "Гулливера" или "Робинзона Крузо" было для меня чтением не завлекательным и простым, а мистическим, ощутимо страшным, точно блуждание одинокое в темноте. Отчётливо помню "Морского волка" Джека Лондона, "Тартарена из Тараскона" Доде, "Дэвида Копперфилда" Диккенса, "Приключения" Марка Твена. С тем же чувством я читал потом в тринадцать лет "Униженных и оскорблённых" – первую русскую книгу в своей жизни, попавшуюся мне в доме школьного товарища.

Я никогда не боялся книг, то есть и подумать не мог, что какая-то книга может быть для меня недоступной, скажем, взрослой. Во-первых, и не было у нас в доме книг, расставленных по ранжиру, во-вторых, у мамы ко мне отношение было как к равному, никто моим воспитанием и образованием не управлял. Когда сестра поступила на истфак московского университета, то я читал все подряд её исторические учебники – это было, как горячка. Но интересно, что заразившись историей, я этим чтением увлёк и маму – и помню, она вдруг стала читать книги, которые я приносил, это была русская беллетристика историческая, а мама повлияла на меня кругом своего чтения, красивоевропейским, женским по настроению – Бальзак, Цвейг и прочее. И воспитывался я книгами. Книга оказалась для меня с детства действительней жизни, начиная влиять на поступки мои, напитывая душу глубокими неосознанными переживаниями, страхами. Это было, как страх Божий – страх, сплавленный в сердце с любовью. Я рос-то безотцовщиной, то есть не знал страха наказания и всего прочего, а вот из книги это отцовское и явилось.

Сознательность пробудил Достоевский – "Униженные и оскорблённые". Это не просто книга, а в ней есть с тех пор и моя судьба. Мне тогда стало невыносимо больно, стыдно, я был точно в мозг ранен ясностью и правдой ведь и детских каких-то страданий. И потом все герои Достоевского были для меня не как дети, а именно дети, и про слезу ребёнка я понял – что это такая вот человеческая детская слеза. И хоть мне хорошо было в доме, и я был любим, изнежен даже любовью и пониманием, но мне-то всегда потом чудилось, что много страдаю и что всем кругом плохо, что и все страдают, но должна быть какая-то правда в жизни, справедливость, которая человека сделает сильным, защитит.

После Достоевского я оказался глух к беллетристике; беллетристика, просто литература, перестала мне что-то говорить. Это какая-то аскеза отрицания, но воспринять потустороннее, условное с точки зрения человеческого страдания, я больше не мог – ни в жизни, ни в литературе. Не думаю, что трагическое это ощущение – книжное, и что я ранен им был, как амурной стрелкой из книг. Эти книги, которые ранили меня, писались той же душой, правдой, жизнью. Это ощущение, уже как опыт, только усиливается во мне от прожитого.

Под влиянием прочитанного то и дело я хотел что-то написать сам. Прочтя по школе Пушкина, влюбившись в музыку старого языка, стал писать по три стихотворения в день в том же допотопном духе. Оные стихи копил с той же алчностью, как ежели б денежку. Чуть не надорвался – не ел, не спал, пугая родных этой жадностью к творчеству. Так, наверное, рождаются на свет графоманы. Но во мне родилось тогда что-то глубокое, верней, проснулось, обволокло пылом сумасшедшим душонку, искусало до бешенства воображение.

Я стал непонятным сам для себя и, как сомнамбула, неуправляемым. Не жил, а блуждал.

Потребность в творчестве была врожденной, но в чём-то и внушённой книгами, противоречивой. Всё, чем бы ни начинал всерьёз заниматься, захватывало, но никогда не мог довести начатого до конца – срывался на другое, увлекался другим. Школа же наша была заштатной. Два последних года в ней не преподавался немецкий язык – учил нас этому языку кто только мог, что закрыло лично мне наглухо дорогу к дальнейшему образованию, и начались с тех пор мои хождения по самым разным "чумазым" работам.

Весной 1988 года призвали в армию – во внутренние войска МВД СССР, где я попал служить в конвойную часть. За полгода армии увидел, говоря в масштабе округов, Туркестан и Среднюю Азию, начав служить с Ташкента и кончив службу в Карагандинской области, что в Северном Казахстане. За полгода так и не выучился толком стрелять и, хоть отстоял на вышке, не выучился жизнью на охранника. Но за эти полгода мог быть изнасилован, зарезан, застрелен, посажен в тюрьму, изувечен, мог изувечить непоправимо самого себя – тут я не в силах описать всех обстоятельств, только обозначаю, что видел в упор перед собой, загнанным зверьком, уже-то издыхающим, но происходило чудо. Этим чудом, спасавшим меня в последний возможный миг, были люди, порой случайно встреченные и самые незнакомые. Также я узнал и увидел, какие бывают лагеря и жизнь вокруг них. Отлежав в госпитале с травмой головы, но будучи психически здоровым, оказался в стенах карагандинской психушки, где провёл полтора месяца и был списан из конвойных войск как негодный к строевой службе, что, наверное, спасло мне жизнь.

На старую работу принять отказались из-за психического диагноза, который присвоили мне в армии. Устроился с трудом работать вахтёром, где надо уж было доказывать, что инвалид – туда не брали людей здоровых, чтобы не тунеядствовали. Тогда я что жил, что не жил, ведь в двадцать лет оказался будто в каменном мешке, с клеймом этим. Из гордости сильно всё переживал, но тогда же и начал писать. Стихов, однако, не написалось ни строчки, хоть считал себя поэтом. Отгородясь и как чужой, мучился я просто той, другой, оставшейся позади жизнью, которую, никак не стараясь закладывать в память, глубоко и подробно помнил и которая-то делала меня человеком одиноким, вынуждая без всякой мысли о литературе просто выписываться одним бесформенным безадресным письмом. Духовно повлиял Андрей Платонов. Повлияло и то, что, читая "Архипелаг ГУЛАГ" Солженицына, который открыт был тогда для прочтения "Новым миром", наткнулся на описание Карабаса, того лагеря, где служил. Тогда же прочитал в библиотечке "Огонька", которую выписывал, книжку неизвестного мне писателя, Юрия Коваля, и проза его выдавила у меня ком из горла. Коваль-то и обучил меня писать, его "Картофельная собака"; писал я кое-как потому, что мучился безысходностью, злом, боялся вообще лёгкости слова, слов, а проза Коваля в одночасье влюбляла в жизнь.

В новом после армии году пытался поступить со старыми стихами в Литературный институт, но получил отказ, стихи не прошли конкурса. Потом – во ВГИК, на сценарный, но так и не сдал экзаменов, потому что попал в те дни в трагикомическую переделку – неожиданно вечером ко мне в квартиру раздался звонок, и я открыл дверь другу по школе, который дезертировал из армии, аж из самого Термеза, и, добравшись до Москвы, пришагал ко мне домой – больше, оказалось, некуда ему идти. Кончилось тем, что прятались от милиции мы уже вместе. Он – потому что бежал, я – потому что укрывал.

А в 1990-м поступил в Литературный с прозой – в тот год отменили почему-то единственный раз экзамен по иностранному языку. И ещё было много случайностей. Тем же летом опубликовали в белорусском журнале "Парус", куда посылал самотёком, как в молодёжный, первые рассказы из цикла "Записки из-под сапога". Перед тем я получил штук шесть письменных отказов из разных редакций молодёжных журналов (тогда учредителем всех таких журналов был комсомол), куда отсылал рукописи, простодушно полагая, что так и надо, раз я молодой. И вот откуда-то издалека получил я конверт с номером журнала и первый свой гонорар – пятьдесят рублей, что меня, помню, больше всего и потрясло; я вообще был в неведении, что возможно заработать за это деньги.

Но литературным началом в полной мере стала публикация в "Литературном обозрении" в сентябре 1990 года. Журнал тогда имел миллионный тираж, и читала его вся литературная Москва. Это были рассказы, с которых начался лирический цикл "Караульных элегий" – я писал именно в этих двух пластах: поэтическая "элегия" и более жёстко очерченные, более драматичные "записки". После первых публикаций стало так свободно, что оба этих прозаических цикла я выписывал и публиковал как на одном дыханье в течение всех последних лет, и уже возник третий, заключающий цикл рассказов, "Правда карагандинского полка". Заключающий потому, что дыханье его – не лирическое, не драматическое, а трагическое, само положило конец всему этому большому повествованию, к н и г е. "Степная книга" – это для меня первый сознательно подведённый итог, и в творчестве, и прожитому, освобождающий от старых долгов.

Вырос из того же изначального материала – из образа, духа азиатских степей – сюжет моего первого романа; и "Казённая сказка", напечатанная в 1994 году "Новым миром", принесла мне, в общем-то по воле случая, известность, литературный успех. К сегодняшнему дню этот роман выдержал уже три издания, люди его читают. У второго романа, "Дело Матюшина", напечатанного в 1997 году, тоже сложилась своя судьба. Хотя тиражи теперь, конечно, не велики, но книги всё же остаются в библиотеках, в домах, а значит, не исчезают.

Ту самую возможность б ы т ь в разные годы и в разных обстоятельствах давали мне только люди. Здесь нельзя литературу от жизни отделить, поэтому литература и есть для меня жизнь, а не цепочка каких-то непонятных бездушных творческих достижений или чистое искусство. Меня вдохновляли писать только люди, которые как бы брали с меня слово, а уж их-то подвести, обмануть и не мог. И окажись моя проза никому не нужной – не будет нужной и мне; и во-вторых, пишу я потому, что только человек трогает и удивляет, а ко всему остальному я глух, потому, верно, и стихи в моей душе не расцвели.

Москва, январь 1998

КАРАУЛЬНЫЕ ЭЛЕГИИ

ТАЙНАЯ ВЕЧЕРЯ

К сумеркам мухи пустынные летали тяжело, дремотно и предпочитали вовсе не летать, а опуститься солдату на плечо или на веко, чтобы отдохнуть. И солдат доставлял их туда, куда надобно им было прибыть по мушиным хлопотам: в столовку, на параши или в больничку.

К вечеру солдату очень хочется жрать. А потому я очень обрадовался, когда ротный, товарищ лейтенант Хакимов, наказал, с обычным для себя матюгом, выстраиваться на ужин. Брякая подвешенными на ремнях котелками, солдатня живо повалила на плац, унося на себе стайку казарменных мух. Потолкавшись локтями, выстроилась и, замерев, о чём-то затосковала. Повздорив малость, взлетевшие было мухи в свой черёд расселись по солдатам, и лишь одна из них, подсевшая на подбородок лейтенанту Хакимову, оказалась пришиблена его отяжелевшей от усталости рукой. Утершись, ротный оглядел строй и прокричал, заживо каменея: "Р-р-р-ротаестеша-о-о...арш!" И солдаты принялись топать по плацу и давиться поднятой пылью.

Плац походил на половичок. Истёртый сапогами, он кое-где прохудился, и из прорех сквозило песком. Этот песок выгуливали поутру вениками, а, размолотив за день, давились и кашляли от него грудью. Раскашлялся и я. Но шагнув в столовку, прошаркал по дощатому, выскобленному сапогами полу и глубоко вздохнул, нарочно помедлив подле распахнутой настежь хлеборезки, ржаного духа.

Грудь унялась. И, ослабив ремень, я потеснил на скамье землячков, чтобы быть ближе к котлу.

Столовка за завтраком и столовка за ужином разнились. Завтрак — это светло и солнечно. Быть может, поварёнок поутру не забывает подсыпать в кашу соли и проследить, чтобы разваривалась крупа. Для поварёнка утро очень важно, оно начало. К началу с пристрастием принюхиваются все. Выдержав утреннее испытание, разомлевший поварёнок варит обед поплоше. А ужин варит совсем худой.

Поэтому и на электричество в столовке этим часом не тратились. И в подёрнутом мглинкой котле солдаты еле примечали перловку. По столам тихонько завозили ложками и заматерились. От глухого солдатского бормотанья будто бы вспомнили о пожёвке раздатчики и, нехотя вставая во главу столов, примерялись, сощурившись для верности и для важности наморщась, выгадывать из неразварившейся перловки наши порцайки. А в серых сумерках пахло хлебом, и солдаты, хрипато задышав, искали его глазами.

Задышал и я. В груди стало легче. И когда размял ржаной ломоть в руке, почудилось, будто размял душу. А земеля Долохов мне сказал: "Чего лапаешь-то... он же не баба". И, отломив от моего размятого хлеба угол, подал, из благодарности, мой котелок ближним, чтобы те передали его насыпать каши. Я видел, как чьи-то руки подхватили котелок, и он поплыл утлой лодочкой, минуя выщерблины и плошки, к котлу. Котелок плыл всё дальше от меня и терялся, покуда не исчез вовсе. Стало одиноко, а Долохов, винившись за хлеб, подвинулся теснее и сказал, что мне уже насыпали каши. И я, положив ладони на колени, стал ждать его возвращения. Котелок показался нескоро. Выплеснувшись из сумерек, он плыл, тяжко попыхивая паром, самым тихим ходом, и Долохов, посчитав себя прощённым навеки, подволок его к кромке стола. "Кушай, Палыч, всего приятного", — сказал он и зачавкал своей кашей.

Зачавкали все. И мушиная стайка, вспорхнув, нависла над столами, без расторопки размышляя над тем, что было завещано ей на донышке котлов раздатчиками.

Разжёвывать неразварившуюся перлу приходилось подолгу. Она хрустела на зубах. Затем вязла. Затем я будто бы забылся и приходил в чувство лишь когда по-пустому, со скрежетом и болью, точились друг о дружку клыки.

Чтобы не скучать зря и не забываться от скуки, я стал думать. Я думал. Мне жалко было тратиться на мелочные обиды за остывшую порцайку и ушлых поварят. Я думал о Боге.

"Слава Богу!" — подумал я о нём и проглотил ложицу остывшей каши. О нём можно было думать сколько угодно долго. Дольше, чем выскребешь котелок. И даже воображать — бледнолицего, с реденькой бородкой и набухшими глазами. Вот он входит украдкой в столовую, присаживается на скамью, и солдатня, оторопев, глядит на него.

Ложка поскребла по дну.

Я поднял голову. На меня глядел Долохов. Он обтирал хлебом губы, а потом они зашевелились: "Наутро пюре будет, Палыч, всего-то ночь переспать. А ты как полагаешь — от каши за ночь брюхо не вспучит? Я вот гляжу, ты тоже похавал". Смолчав, я, будто задумавшись, теребил пуговицу на кительке. Солдатня уже управилась с пайками и молчала. И тогда я поднялся со скамьи, теребя пальцами пуговку. Оторопев, солдаты глядели на меня пустыми глазами, но не спрашивали ни о чём. И только Долохов испуганно потянул за рукав: "Ты чего? Не положено ж без приказу".

Я потревожил мух, и они зажужжали.

Как по уговору, рота, прогрохотав скамьями, встала у столов. Прилаживая опустошённые котелки на ремнях. Тогда и я повесил свой котелок на ремень. Подтянув его туго. А мухи стали рассаживаться на солдатах, не дожидаясь матюгов Хакимова.

Когда закричит товарищ лейтенант Хакимов, рота должна будет бежать на параши.

Бежать и думать невмоготу — очень голова трясётся. Но я успел подумать, а потому хочется побыстрей про это досказать. Я, когда со скамьи поднялся, об одном спросить хотел, братки, может, знает кто: куда, скажите, Бог муху приведёт, если она, по случаю, на него, как на нас сядет?

ПОНАРОШКУ

Наш лейтенант Хакимов прячется от жары, как грибок, под шляпочкой-фуражечкой. Раскрасневшийся, дряблый и малость призадумавшийся. Ему кажется, что оскалые зеки впиваются в него и клыками рвут на куски. Что комполка, багровея, кричит из дремучих усов вдогонку: "Тюря!" Что Саня-вольнонаёмница не доливает в тарелку дармового солдатского борща и что ушлый поварёнок не докладывает в этот казённый борщ парную говяжью ляжку.

Потом летёха смущённо улыбнулся — и показались его подрумянившиеся щёчки, пухлые пальцы и шоколадный родимец на лбу подле первых, спесиво изнеженных морщин. Какой же добрый наш лейтенант, какой оробевший, какой стыдливый, как деточка. И я воображаю, как тяжело было ему этим утром вставать с похожей на глубокий вздох перины, отправляясь на службу; как беременная жена Верка Ивановна подставляла послушать на прощаньице свой голубой живот, в котором можно было соскучиться, ожидая появленья на свет; как, выпив остывшего чая с булочкой, Хакимчик хмурил по-генеральски лицо перед зеркалом, а оно над его потугами звонко смеялось и трещинкой разламывало подбородок надвое, как спелый плод... Страшно жить на свете лейтенанту Хакимову!

А мы с Долоховым жалеем его потому, что уже мертвы. Мы умерли первыми. А часом позже порезанным оказался весь взвод, в котором был лейтенантом Хакимов. Он прячется под фуражечку. Он страсть как боится мертвецов. А еще ему стыдно. Это он на устроенном понарошку шмоне наказал, чтобы я стал конвойным, а Долохов зеком. Долохов должен был прятать лезвие бритвы, а я — его отыскивать.

Я зажмурил глаза и открыл, когда кончилась считалочка, под которую он должен был успеть спрятать. Долохов был понарошку зек. И я принялся шмонать. Я пощипал под мышками, пошебуршил в волосах и сказал Долохову вывернуть наизнан карманы.

Но ничего не сыскалось. Из карманов на землю посыпались хлебные крохи, на которые прилетел щуплый, измученный жизнью воробей.

Лезвие оказалось у него во рту. Откуда, рассмеявшись, Долохов вынес его на розовом языке, чтобы не лезть руками. Мне не верилось, что кто-то может спрятать в рот лезвие, оно же острое. А Хакимчик грустно сказал, что меня убили.

Потом Долохов был конвойным. А я потом — зеком.

Обидевшись за свою смерть, я назло ему положил лезвие в карман, словно и не был зеком, не умирал, а остался таким, какой есть.

Долохов шмонал меня с пристрастием и очень расстраивался, что ничего не находил. Он заглядывал в уши, отгибал подошвы сапог, заставлял разматывать портянки, где глядел между пальцев, и, как лекарь, приказывал высовывать язык, выдавливая из себя "Э-э-э..." А лезвишко-то лежало у меня в кармане, словно монетка.

Ничего не сыскал. И оказалось, что я его убил.

А Хакимову стыдно. И напрасно он притворяется, что задумался. Надо бы встать и сказать: "А знаете ли вы, сучье племя, что вас могут убить?!"

А потом нахмуриться, стукнуть кулачищем по столу и запанибрата сказать: "А ведь не знаете! Бля".

МЕЖДУ НЕБОМ И ЗЕМЛЁЙ

Всякий солдат глядел на что-то своё.

У глядящих в пустыню глаза были тусклы и бессмысленны, и потому они мертвели, подобно каменным изваяньям.

Солдаты поживей и позлее глядели на что-то иное: на морщины своих ладоней, на камешек, в арык брошенный. Свободней было глядеть на морщины ладоней... Камешков в арыке хватало не многим, и бывало, что их делили взглядами гневно. Я и сам обнаруживал в себе глухую ненависть с болью, когда, глядя по обычаю на своё деревце и размышляя с ним о чём-то сокровенном, примечал, что кто-то также глядит на него.

Деревце-то едино отдавалось всякому взгляду, и немало терпенья стоило порой отвадить от него чужие глаза.

Замешкаешься чуть, отвлечёшься или забудешься, как чьё-то око уж крадётся по-паучьи к нему, скорбью и откровениями твоими напитанному. Я же, скряга, как в кошель, в местечко укромное, по крохам хоронил в нём последнее своё богатство — душу, и боялся, боялся его потерять. А иные теряли, не в силах выдержать схватки с чьими-то глазами, что посильней и упорней оказывались, и взгляды их, как звери, бродили, нигде не находя пристанища, и умирали, наставленные последком в пустыню, в жёлтую стужу песков.

Коченели, смерзались.

И потому свободнее было глядеть на морщины ладоней, на ладони своих рук. Покуда они были твоими.

ЖИВОЙ

Этим днём солдаты в Учкудуке, сидя у лазарета, плюют в песок и не успевают растирать сапогом — плевок испаряется в одно мгновенье, словно и не было его. А было жёлтое солнце. Был солдат, сидящий под жёлтым солнцем у лазарета. И всё. Сколько хочешь в песок плюйся, а всё одно — не было этого. А потом и лазарет покажется соляной копотью... Покажется, что влага, и человеческая также, извлечена из него солнцем, и соль посему станет как прах.

Я сижу у лазарета, чую солоноватый привкус на губах. То ли голову проломили — и вот сижу, обливаюсь кровью; то ли ломали, ломали, но, махнув рукой, как на каменного истукана, окропили капельками мутноватого от потуг пота и куда-то ушли. Кто они? И что им надобно от меня было?! Сижу у лазарета для того, чтобы узнать у лекаря — живой ли?

О своей смерти я подумал нечаянно, когда приметил, что всё живое округ испепелено солнцем, и когда почуял солоноватый привкус на губах. Я подумал тогда: умер — но забыл, растяпа, о своей смерти и до полудня топтал землю, а никто и знать не знал о случившемся со мной.

Как мертвяку, мне давно полагалось нежиться в прохладе покойницкой Ташкентского военного госпиталя, посасывать сосульку своих пальцев, и озабочиваться лишь, что скажу, представ перед судом Божьим. Но с утра самого ротный послал меня, как живого, подыхать по новой в том пекле, выдраивая горячим песком кашевые котлы. И дембель Свостиков за нерадивость обласкал кулаком по дыхлу, как живого...

"Вы не больны?" — Лейтенант медицинской службы склонился надо мной и чего-то выглядывает.

“Не знаю. Я...” — “Пойдёмте, мне кажется, вы больны”. Я пошагал за лекарем. В лазарете голова моя закружилась от анальгинного ладана. “Ешьте”, — он сыплет мне в ладошку драже и куда-то уходит.

Сажусь на стул. Драже прячу в карман и тут же со столика ворую пузырёк с йодом. Тянуться рукой за комочком ваты мне лень. Комочек ваты — не такое большое богатство, чтобы тянуться ради него со стула к столу. Этот летёха очень добр. Только у доброго человека столько пузырьков со снадобьями. Столько йоду, столько мягкой ваты, чтобы залечить раны. А я это своровал. Я гордый. Сам помажу ранку, и сам на неё, чтобы не щипало, подую.

К лекарю приходили и жаловаться, корчась для верности от боли, на рези в животе, а он, позволяя себя обманывать, клал жалобщиков “на больничку” или в Ташкентский военный госпиталь отправлял. Те думали, что обманули его, и радовались. Радовался и лекарь. Он здорово их надул, поверив в рези, поскольку страдали они от иного, за что *класть на больничку* или в госпиталь отправлять было не положено вовсе.

“Да на вас лица живого нет!” — “Товарищ лейтенант... я по правде, я...” — “Тихо, тихо”. Перевязочная застужена белым кафелем. Урчит кондиционер. Сижу на белом стуле и становлюсь изнеженным и плаксивым. Я хочу плакать и не боюсь, что слёзы солоно выедят, высохнув в одночасье на лице, потому что урчит кондиционер, и в перевязочной, как в мертвецкой, веет прохладой. Палящая немилость жёлтого солнца, чудится, изгнана отсюда навсегда, как злая фея из удела изнеженных плакс и добряков. Летёха прикладывает ладонь к моему лбу, а потом тянется рукой к воздушному узелку венок. И я благодарен ему за это. И мне стыдно — ведь он может обжечь больно свои хрупкие белые пальцы.

“Свинкой болели?” — “Не помню”. — “А сердцем?!” — “Не помню”. — “Да, да... Я думаю: почему ваше сердце не разорвалось этим же утром. Оно как чужое. Решительно — оно обижено на вас чем-то и от обиды нарочно не разорвалось. Пейте немедля эту пилюлю, а потом повезём его в Ташкентский военный госпиталь”. — “Кого?” — “Сердце, разумеется, — ему, должно быть, очень больно”. — “А я как же без сердца буду жить?! Я не хочу, чтобы его от меня увозили. Доктор, а вдруг обратно не вернут?" — "Тогда повезём и вас, и его — всех вместе. Вы какой с ним роты?" — "Старшего лейтенанта Хакимова". — "Я пойду дам распоряжение".

И вот я остался один.

Урчит, ворчит кондиционер. Он ворчит, как старая бабка. Все бабки кажутся мне добрыми и благостными, как глиняные кружки с простоквашей. Что ещё останется под старость, если не подобреть? Для злости надобно много сил и здоровья, а для доброты, по крайности, надобно молчать и глядеть в окошко, когда становится скучно.

Кондиционер, стало быть, очень стар. Он ворчит, и от него веет холодом, так же, как веет холодом от могилы. Я ставлю своровованный пузырёк йода на столик, откуда взял. Я ем из кармана, вперемежку с махоринками, кислое, как смерть, драже и становлюсь добрым. Перво-наперво я жалею себя и летёху, у которого намеревался уворовать йоду с мягкой ватой. Затем жалею тех, кому бы не помазали из-за меня ранок и потихонечку плачу.

У меня заболело сердце. И как оно не понимает, обидчивое, что умри я, и оно умрёт. Я обижаюсь на сердце за то, что оно болит, и за то, что оно могло этим же утром разорваться. Мне кажется несправедливым, что от такого маленького, как воробышка, вздорного существа зависит моя жизнь. Лучше б зависела от ноги — она большая и, судя по мозолям, совсем не прихотлива. А ещё, истёртую сапогами в кровь, её можно мазать ваткой с йодом и дуть, чтобы не щипало, — самому.

Я устал от боли. Выйдя из лазарета слепну от солнца, и ничего не узнаю. Но всё-таки, как хорошо, что моему сердцу расхотелось умирать! Теперь расхотеть осталось мне, и тогда — мы будем живы.

САД

Скок, скок — цокают колёса по ухабам. Мы скачем по сохлой пустынной дороге. Мы мчимся в ташкентский госпиталь. Пылает солнце. Раздувается и дышит порывисто млечная накипь облаков — небо сбежало, будто молоко. Пустыня нежно розовеет ожоговой гладью. Мы уж в госпитале.

У распахнутых настежь дверей сидели двое солдат и покуривали. Летёха оставил нас и убежал, кого-то разыскивая, а солдатам сказал дать нам напиться. Солдаты потянули жирный шланг. Но оказался он пуст, вода из него отчего-то не лилась. Они покачали сердито головами и, ничего не сказав, ушли. Когда ж я хотел заглянуть в его жирную прохладную глубь, то вода хлынула мне в глаза. Она падала в меня, как в бездну, и кто стоял кругом, стали плакать, что я выпью всю воду. Когда ж и другие утолили свою жажду, шланг уронили наземь, и вода потекла, зарываясь от солнца в песок. Всю себя зарыть ей в песок не удавалось, и потому спинка, шкура поблёскивала серебристой чешуёй. Ручеёк воды выползал из резинового шланга, как змея из старой кожи, и, живо вертясь, извиваясь, жалил холодом да плавно утекал в песок.

Позвали в приёмный покой. В приёмном покое имелась жесткая кушетка и два табурета: мне сказали раздеться и лечь на кушетку, а две табуретки были пододвинуты к кушетке, и два усатых лекаря, усевшихся на них, стали щупать мой живот. Животу было больно. Я был больным, и сердце у меня болело, и живот. Лежать на кушетке мне вменялось недвижно, закатив глаза и чуть приоткрыв рот для хрипастого, изболевшегося дыхания.

"А ты чего тут лежишь?" — сказал один лекарь через затяжку, выпуская в сторону дым, будто в смущенье отворачивая лицо.

"Болею", — простонал я.

"Ты бы пижаму получил!" — оглядел меня придирчиво другой, его товарищ, и они, кажется, вполне успокоились, что в пижаме я буду больным солдатом по всей форме.

И я пошёл получать пижаму. Моя, по-весеннему зеленеющая гимнастёрка, была скручена в узел, с меня её сорвало, как с деревца листву. Я стоял голый посреди завьюженной кафелем залы. Из сердитого крана, стариковской клюки, капала холодная, верно, такая же сердитая колючая вода. Капли разбивались об пол, гремели, как стеклотара. Я шагнул по осколкам в ванну, низенькое корытце со следами людей. Толстогубый солдат взял в руки резиновый шланг и, став похожим на дворника, поливал меня, как деревце.

Я покрылся гусиной кожей и фыркал назло толстогубому. После пытки ледяной водой солдат выдал мне чёрные большие трусы. Трусы налипли на меня, а потом и пижама с майкой жались ко мне сиротками, не отпускали. В них стал я невесомым и маленьким — штаны по колено, куртка по локоток. Взлетая по крутым ступеням, я набирал злую скорость, летел, и санитары чахло отпадали от меня. И уже я ничего не помню. Сплю на лету. Ведь я больной, и врачам надобно меня лечить.

Укол делают, и лечу высоко над миром. Парю так высоко, что он, после долгой бессонницы, долго уже не потревожит моего сна. А когда перестанут делать уколы, я ступлю на грешную землю, я отправлю в ещё немеющий рот ложку горячего супа, как вселенское послание, как пилюлю от одиночества заскучавшему организму. Речь покуда изменяет мне, ибо познавшему невесомость нелегка тяжесть земли. Поэтому и на ногах поначалу я буду стоять некрепко — буду шататься, буду ходить по стенке, учась, как ребёнок, приобретая потерянный в полёте дар.

Все солдаты ходили молчаливо в тех сиротских пижамах, как проклятые. Получив свою пижаму, укол, порцайку, я решил погулять по лазарету да знакомцев поискать из Учкудука. В прогулочном дворе никто не прогуливался, а все ели яблоки, с яблонь, что росли дико кругом. Во дворике было зелено, а от зелени — прохладно. Присел и я поесть яблок. Дервишами забредали на двор госпиталя воробьи. Их пыльные хохолки походили на обмякшие чалмы, а чириканье — на бормочущее моленье.

Повздыхал я, повздыхал без дела, и мне вручили веник. Я был должен подметать дорожки в саду. Подметать дорожки в саду приятнее, чем мыть полы, когда посыпают мыльной крошкой да выплёскивают для пущей охоты ведро воды под ноги. Злясь на кого-то, я размахал веником пылищу. Сад от пыли стал сумрачней. Разлетелись воробьи, оставляя по себе скорбные облачка. Мерить жизнь днями года я трусливо боюсь. Я живу тяжко. Я не хочу верить, что это моя вина. Я говорю себе — это старое, и мету со двора пыль.

Так я засыпал. Отдыхал, напылив в садике, вдыхая уже покойно яблоневый дух, умирая и рождаясь заново. На скамейку подле меня присел Войшек — и он больной, в пижаме. Я был рад ему — не курящий, не ругающийся матом. Я помнил его ещё в аэропорту, он был самый тихий из тех людей. Помню, как мы стояли голые на распредпункте. Глядеть на голых было боязно.

Меж раскрасневшихся, боязливых лиц я приметил одно, будто побелевшее и заиндевелое. Это и был Войшек. Больное изваяние природы, черты которого округлы, как капли, а капли отягощены скорбью и мерцают иссиня-тёплым, обуглившимся светом. Он был похож на некрасивую добрую женщину. Глаза, готовые вот-вот пролиться, набухшие, влажные. Эти глаза жили сами по себе, будто не принадлежали одутловатому, лягушачьему телу, изувеченному от рожденья хромотой. Вокруг глаз и на лбу цвели морщинки. Он был старый или явились морщины эти от тяжких его, скорбных раздумий. Лягушка зябла, скукоживалась под чужими взглядами, а лицо и глаза скорбели, горевали, нависая над всем этим тщедушным человеком, будто плач.

Была у него сухая нога, хромучая, и он ходил со здоровой другой ногой, опираясь на неё, как на инвалидную палочку. Но кто-то рассудил, и его послали на службу. Я помнил его в Учкудуке, когда его били, что не умел ходить строем. Он смущался жаловаться, стонать — и молчал. Его голубые, полные влаги небесной, скорбные глаза помигивали от ударов, но никогда не омрачались. Все думали, что он старый, а поэтому — такой больной. А между тем Войшек седел с каждой ночью, горевал и ничем уж не отличался от старика. Когда вспоминаю я, что на скамейку подле меня присел Войшек, то молчу, как хотел тут же бежать от стыда и неумения сокрыть жалость к этому человеку. Я б хотел защитить его, вылечить ногу его, но не мог я. Потому чувствовал я себя таким беспомощным, хромым. Но в госпиталь привезли хлеб.

Нас позвали из садика хлеборезы-узбеки, меня и Войшека, чтобы помогали, и я забыл про хромого и, вслушиваясь в чужую засушливую речь, как никогда ощутил солнечный зной и жажду. Хлеборез, будто почуяв, указал мне на бочку в сарае, полную воды. Черпая из неё кружкой, вдоволь я напился. Мы выгружали хлеб из раскалённого коробчатого фургона, будто выхватывали с пылу да с жару из печи, и буханки румянились, пыхтели заживо. Хлеб допекался в лотках, буханки грели изголодавшийся живот. От хлеба в сарае стало душно и тесно, а тела распарились, облились мучным белым потцом. За расторопность хлеборез выдал каждому по буханке. И все, кто работал, почуяв неожиданный голод, съели по целой буханке этого свежевыпеченного и уж облитого потом своим хлебца, запивая по очереди водой из бочки. Весь же день оставшийся я провёл в одиночестве.

Помню, что просидел до вечера в саду.

ПЕПЕЛ

А ещё по ночам солдаты любили актёрок с певичками, чьи изображения всегда вырезались из газет, а если шея голая, или, скажем, ляжка проглядывала, то изображение вырезалось особо — с завитушками в форме сердца.

Любили, поднося близко к лицу, иначе нельзя разглядеть было. А кое-кто и целовался украдкой — но губы солдатские пожирают актёрок с долгой страстью, а они так малы, и так нежно пропечатаны на газетках, что от засосов и частого лапанья рвались, отчего приходилось вырезать новых. Да и что это за ляжка с палец? Отсюда и разочарования случались... Сидишь, бывало, пыхтишь в курилке, и кто-то скажет: "А я свою это... из сердца вон". — "Кралю столишную разлюбил?" — "Угу..." — "А чего печалиться, браток, они же знаешь какие... Ну-ка, давай её на раскрутку, в круг!"

Солдат выуживал из расщелин пилотки хрупкое до ломкости изображенье. По щепоти сочувствующие добрели табачком, а говоривший за бабский блуд сворачивал из сердечка с завитушками и казённой махры цигарку. Он же и раскуривал, любуясь, как пылает угольком актёркино тельце. Потом уж, с хрипотцой, затягивался разлюбивший, стараясь поболее других уместить в себя от былой зазнобы и выдохнуть в небо, то ли с тоскою, то ли с пренебрёгой лихой, клубы голубого, прогорклого дыма. Так чаровница погибала на треть, сгорая лбом, губами и грудью, после чего цигарка пускалась в круг, и солдатня пепелила угрюмо оставшееся от живота до лодыжек. Послед затаптывался, и делились кто чем мог из привнесённого в круг.

"А хороша была?" — "Ништяк бабочка. У меня аж истомка по горлу прошла — во как дерёт". — "Сучка". — "Отчего ж сучка?!" — "А оттого, что дерёт. Петька, слышь, когда твою-то палить будем? Больно долго ты с ней". — "В круг не дам". — "А чего так? Нешто мы для забавы — мы для души палим".

— “Всё равно не дам. Я её домой отошлю, мамаше, сохранила чтоб”. — “Ишь ты... Какое у тебя нутро нежное, падло. А тогда и не подсаживайся, когда чужой бабой дымят. А если пыхнуть хочешь, то по-человечески обратись — я тебе беломорину дам, подавись”.

ГОРЕ В КОТЕЛКЕ

Котелок — это такое приспособление, из которого солдат ест и пьёт, чтобы дольше пожить на свете. А живой, он опять же изнывает от голода и засыпает со снами о пищевом довольствии. Голодать солдату больно и страшно. Утром, днём и вечером служивый шагает быстрей в столовое помещение, будто за быстро съеденным завтраком или обедом наступает стремительней и неотвратимей новый день, с которым, младенчески посапывая горячими ноздрями в котелке, является и новая каша. Она коротко живёт на земле, и солдату очень успеть надо к её рожденью, а иначе будешь ковыряться ложкой в сырой холодной каше, будто в земле.

А ведь на земле не только каша или человек умирают, а много-много всего! И пшено, привезённое из полка на прокорм, оказалось мёртвым, то есть таким, что только в землю было можно зарыть. В роте упрямо варили из него кашу и надеялись, что оживёт. Но пшено не оживало, и было в столовом помещении тихо и грустно, будто на кладбище. И только однажды, на государственный праздник, обрадовали: выдали яблочного повидла, печенья и конфет.

К исходу месяца было уже привычно слышать, как уважающие Бога просили его послать хорошей каши, как материла тогда же тыловиков ротная комса, а все остальные громко полагались на судьбу и даже верили, что дожди капали всё лето к несчастью. Приходя в столовую и пробуя сварившееся пшено, солдаты что ни день узнавали, что счастью их снова не бывать, а несчастье их — прошлось важно по столам, наплевало со стервецой в котлы и чайники, выставленные обслугой, да растворилась под общее замиранье в поварском чаду, имея одно строгое должностное выражение.

Вот кашей принялись давиться, она оказалась чужой, тухлой на вкус. "Что же это?" — раздался в тишине голос. "Подвела кашка..." — вздохнул кто-то с уныньем. Солдаты поднялись от котелков и стали горевать. За оконцем, в степи, ветер вылепливал из глины облаков прохладные степные сумерки, которые закат багряно обжигал и суровил. Было душно и темно. Служивые теснились за долговязыми тощими столами, которые и сами встали рядом, от стены к стене, будто за хлебом и кашей.

Вот солдат, татарчонок, потянулся к чайнику и налил в кружки, себе и товарищу. И тот отхлебнул: "Тьфу... Помру я... Какой это враг приготавливал?! Лужа, из лужи пьём". Тогда татарчонок захрустел всухую сахаром и сказал, стыдно улыбнувшись: "Сладкий он".

Товарищ его облапил голову руками, буркнул: "Так это во рту сладко, а жрать чего?"

И кто-то из ближних посочувствовал: "Вот и чай начали заваривать тухлый, разве это жизнь?" — "А я бы всех поубивал!" — "И я бы". — "Верно, так их".

В столовой стало одиноко и тихо, будто все ушли куда-нибудь. И посреди молчаливого человеческого горя стала слышной природа. Она вошла в мир, как ветер на покинутое огнище, и громко обживалась, раздувая оставленные уголья. Гудел ветер. Вечеряли под полом мыши. Жужжали мухи, побираясь подле котелков, и комар — садился на солдата, чтобы попить его крови. Потягивал носом комариным, упирался шестью лапами в казённую плоть и впивался с усердием, будто за своей кровью прилетел или по генеральскому указанью.

"Гады..." — "Убить надо", — сказал тихо татарчонок.

"Вёрткие они, не убьёшь", — пожаловался его товарищ, из которого уже выпивали комары, и плюнул от злости в свой котелок. "И чай в него вылей, и посоли!" — крикнул кто-то. "Верно, смешивай, надоело терпеть!"

Начался разброд, служивые загалдели, мучая, а то и вытрясая котелки. Каша повалилась кучами на стол, ею забивали по горло чайники, ошмётьями её звездили, награждали грудастые стены — с нею не знали, что сотворить. И чай выливался на пол, его помои топтали сапогами, будто живьё. А за окном помещения бродило столовое электричество в сумерках. Было поздно уже. Едва показавшись в дверях, что-то тёмное выругалось матерно, и стало похоже на ротного капитана — с мохнатыми усами, оковалками кулаков и головой. Разглядев смуту над котелками, ротный попятился из столовой, так как давно думал, что солдатня за тухлую кашу его побьёт или откажется служить, взбунтовавшись.

"Осади-и-и! — вскричал ротный у самого порога, ухватившись за пистолет. — Расстреляю, вашу мать, разойдись..." Солдатня стихла, но с места не сдвинулись. Воздух прокис страхом и злостью, один шаг мог обрушиться дракой, пролить кровь. Не стерпев, чуть не плача, ротный обратился к собравшимся: "Ну, ребятки, не балуйте, не в первый же раз..."

На плац он вышел, когда служивые уж выстроились, одинокий и чужой. Рота по его приказу шагала к пожарным бочкам, чтобы помыть котелки, откуда, с хоздвора, возвращались молчаливым разбродом. И новым стало, что ложки в пустых вымытых котелках голодно скреблись и звенели, выворачивая душу, будто мешок. Котелок дышал кашей и чаем. В его глуби было покойно, сухо и тепло. Так что каждому хотелось пробраться в свой котелок и пожить, хоть одно короткое мгновенье, в сытости и тепле. Позвенеть из обыкновенной человеческой подлости оттуда ложкой, а потом ещё позвенеть, и ещё.

КАРАУЛЬНАЯ ЭЛЕГИЯ

Ящерки любили на песке.

Любили бесстрастно. Сухо потирались шелудивыми спинками. Замирали. Бесчувственно тыкались обугленными рыльцами в песок. И гневливо теснили друг дружку раздувшимися зобками.

Но это степняку понятно, что они любили и что на песке, у него глаза со степями свыклись. Иные, полагаю, не приметили бы и вовсе, а так — поглядевши на оживший песок, подумали, что ветер это — зябью его покрывает.

А ещё я полагаю, что, народившись в лагере, ящерки и погибали в нём. Как ни трудись, а не могли они на волю из бурой накипи проволок выплеснуться.

Зеки изводили ящерок шутейно — кто первый забьёт. Но затем жрали угрюмо, будто французы лягушат, приготавливая на воровских костерках. А нажравшись вдоволь, забивали уже просто так — чтобы забить.

Еле живыми подбираясь к запретке, ящерки с наступлением темноты перебегали в караул. С зарубами, измученной кожицей, на которой, бывало, отловив беглянку, солдаты разглядывали наколотые зеками кресты или виселицы. На виселицах висели они, конвойные, будто б с лягушачьими лапками вместо ног.

Осерчав, занедужив, солдаты растаптывали ящерок сапогами, чтобы не оставалось от увиденного и следа, и чтобы забыться потом от жестокости нечаянных расправ.

Дальше караулки ящеркам ползти было некуда. Выложенная нетёсанными глыбами, она и тогда бы отворяла с неохотой тяжёлые, окованные железом двери, когда бы выносили из неё в гробах.

Подле дверей, имевших на своих створах набухшие и рыжие, как сосцы, советские звёзды, томились солдаты из бодрствующих, чтобы не случилось с караулом беды: смертей, а может, и тех виселиц, которые они видели. Томились в тени. И два оскалых, ребристых корой дерева, как бродячие собаки, жались к людям, дрожали ознобисто от ветерка, чего-то боясь. Это были дикие яблони, и солдаты из бодрствующих лежали под ними, отгоняя сорванными ветками погустевших от зноя мух. Конвойные томились.

Ничто на земле не жаловало милостью склониться над собой, подивиться, порассуждать и потешиться походя словцом мудрёным, из тех, что пришлись когда-то по нраву своей бесполезной красотой.

А потому конвойные оглядывали караулку, шествуя глазами от стены к стене, будто выгуливали присмиревшие в заточении души.

И старослужащий Сухов приметил, как любились ящерки на песке. Но поначалу сробел подсказать дружкам и украдкой подглядывал за ними в одиночестве.

Принужденные бодрствовать дружки почувствовали молчок Сухова и с настороженнием ожидали, когда зашевелятся его сомкнутые губы, чтобы не отвадить от откровения вовсе.

И Сухов сказал: "Глядите, на песке ящерки мнутся... Из этого дети рождаются". Служивые задышали тише.

Кадыев задумчиво улыбнулся и, чуть помедлив, ответил: "Е-е-е, зачем врёшь? Долго надо, чтобы детка родить получилось". — "Это ж почему?" — спросил Ероха. "Погулять для себя надо? Надо. Целовать надо? Надо. И калым платить. И чтобы девушкой была. И ещё — подумать надо!" — "Правда что ли, Сухов?"

Сухов кивнул: "Это долго надо. У меня с Веркой-прапорщицей так же было, вот только не родила почему-то... сука".

Кадыев сладковато зачмокал губами: "Кадый верно говорит. Если спешить, то и пожить не получится". — "А разве у ящерок бабы с мужиками есть?" — осторожно спросил Ероха.

"Изо рта что ли такую их гущу наплевали?!" — ухмыльнулся Сухов.

Ероха покраснел от досады: "Врёшь, я не малец какой-то, я сам знаю... У баб груди должны быть! А где они у той ящерки? Если без грудей, то мужик, стало быть. А мужик от мужика не родит". — "Я тебе в морду дам, ты же и бабы голой не видел". — "Я не видел?! Сам ты, Сухов, про Верку врёшь, ведь и заговорить с ней боялся, а не то что..."

Служивые сцепились. Сплелись жилистые руки с комьями мускулов, походивших на землю, облепившую вырванные корни. Зашумело в голове, а в глотках заклокотало. Сухонько затрещали костерками гимнастёрки и, будто охваченные пожаром, заметались горячие молодые тела.

Заскучавший Кадыев отступил на полшага от бьющихся, будто бы припекло. "Е-е-е, зачем поспешили, — зачмокал он, — если спешить, то морда бить получается. Надо долго. Надо поглядеть". И Кадыев, прищурившись с хитринкой, глядел. А ящерки любили на песке, окутывая свою любовь, как тайну, пыльным облаком. "Ты баба или мужик? — обратился к ним Кадыев. — Эй, почему молчишь?!"

Ящерки молчали долго. Из-за долгого их молчания получилось, что Кадыев поднял обломок красного кирпича, которым в караулке было положено натирать до сурового блеска параши. Он покачал обломок в руке. Примерился. Попыхтел. Подумал. И, размахнувшись от плеча, бросил в ящерок, изнывая душой так, будто промашка уже случилась.

Кирпич рассыпался кровавыми брызгами.

Не успев удивиться и попрощаться не успев, ящерки лежали на земле бездыханно и только хлопали по песку, устало затихая, хвостами, будто тихо били в ладоши.

Осторожно ступая, не веря в свою удачу, Кадыев подкрался к их трупикам. "Вот какие!" — он поднял ящерок за хвосты и разглядывал. Нежным брюшком ящерки и впрямь походили на ладоши, но грудей и того, что мужикам положено, Кадыев не отыскал. Он насупил брови, но, как долго ни хмурился, понять этого не мог. "Эй! — закричал он. — Не надо юшка пускать! Это не мужик и не баба — это не человек!"

Дерущиеся замерли. Лениво поднялись с земли. И обступили, пошатываясь, Кадыева. "Замучил, что ли, нерусский? — сказал уныло Ероха. — Слышь, Засухин, зазря, выходит, сопатки корявили... ха..." — "Покажь", — Сухов протянул руку, и Кадыев разложил на ней убитых ящерок.

"Ты погляди какие!" — с надеждой проговорил он.

"Зелёные и склизкие, верно..." — перебил не без задора, приглядываясь к ящеркам, Ероха.

"Эй, не говори так... Хороши ящерки. Таких ни у кого нет", — сказал Кадыев.

Сухов погладил их пальцами и улыбнулся: "Будто живые, а? Заснули будто..."

Ероха махнул рукой и пошагал в тенёк под дерево. Он сел на землю, раскинулся по прохладному стволу и закурил папиросу.

Сухов что-то проворчал и, пересыпав ящерок погрустневшему Кадыеву, пошагал к Ерохе подкуривать от его огонька. И потом они задымили заодно. Блуждали, отрешившись, глазами по караульному дворику, от стены к стене, будто бы взявшись за руки. Из караулки вывалилась понежиться под солнцем солдатня. Заметив стоявшего посреди дворика Кадыя, конвойные подходили к нему, а потом молчали и курили папиросы, оглядывая мертвяков. Бережно растолкав собравшихся, Кадыев высвободился из круга и, подойдя к дереву, встал, чего-то томительно дожидаясь, подле старослужащих.

"Ну, чего тебе? — засопел Ероха. — Выкинь. За забор выкинь". — "Ты погляди какие..." — еле слышно произнёс Кадыев и прижал ящерок, будто укрыть хотел.

“Не так это! — засомневался Сухов. — Замучить, чтобы выкидывать потом? Будто и не было ничего?! Будем... хоронить. Вставай, Ероха... Я уже приглядел местечко... У стены похороним, чтобы не топтали”.

Кадыев ожил и засопел счастливо: “Эй, тебе что сказано? Вставай! Надо землю искать. Засухин! Чтобы хорошо хоронить, надо долго искать, потому что умирать больше не получится”.

Они поднялись. И за ними, молчаливо покуривая, пошла солдатская толпа. Глубоко затягиваясь папиросой, кто-то морщился и, запрокидывая лицо в небо, грустно выдыхал:

“Так и мы сгинем...”

Первыми шли Сухов и Ероха и потому были торжественней других, не позволяли себе отплёвываться в песок. Они отмахивались яблоневыми ветвями. Мухи улетали, и покачивание, становясь неспешней, рождало в душе, под ленивую поступь старослужащих, тихую грусть.

Усопших нёс Сухов, тупо глядя на ладони, в которых покоились они, укутанные в лопушину.

Поспорив о том, какой ей быть, могилу вырыли штык-ножами наподобие человечьей. “Во какие! — приговаривал Кадый, укладывая поудобней. — Что надо ящерки!” — “Хороним ведь, как людей, может, и имена дадим? Зойка, хоть, или Света?” — “Нее-е, — протянул Кадыев. — Имя узбекский надо. Пусть Гульчатай или Акрам будут. Зойка, Светка — так не человек, так собаку свою зови”. — “Что «гульчатай», что «чайник». У вас имена — звук один”. — “Эй, зачем говоришь плохо?” — “Что попусту треплетесь-то! — вмешался Сухов, поднимая глаза от земли. — У них имена есть: ящерки!” — “Он толково говорит, не нужны эти имена, дохлым к тому же. Вот если бы они на свет родились...”

Сухов отыскал в кармане пятак и положил в могилу. “Для памяти это...” — пояснил он. Растоптав сухие комья, ящериц засыпали.

“Негоже, — сказал Сухов, глядя на песчаную гладь, — надо бы холмик какой или метку. Похоронили ведь, а то мрут, где ни попадя, как мыши... Ероха, ты хотя бы видал мышь, но не так, чтобы убитую, а которая своей смертью издохла?” — “Не... И где они дохнут? Их же на земле больше людей будет”. — “А они, говорят, своих мертвяков пожирают. Хлебом клянусь, как издохнет, так и жрут сразу. Это покуда живая — ползай, шурши, а если преставишься, то захавают и оближутся, твари. Они с голодухи же...” — “Хорошо, что мне на камень попалась!” — произнёс Кадыев украдкой. “Не то слово! Всё равно бы сдохли. А теперь, как люди — в земельку легли”. — “Куда же вы! — остановил Сухов. — Я говорю, холмик нужен какой или меточка, не зазря же землю рыли”. — “Да хоть бы ветку воткни! — нашёлся Ероха, протягивая Сухову яблоневую ветвь, которой от мух отмахивался. — Чем не примета? Она, может, и корни пустит и зацветёт”.

Сухов принял ветвь и, подумав, вдавил в землю.

“Ты поглубже! — заволновался Ероха. — Чтоб до ящерок дошло, они же как удобрение будут”. — “Земля не примет”, — сказал Сухов, вдавливая всё же поглубже. “А ну как примет!” — Ероха спустил штаны и стал оправляться на ветку: “Надо, чтоб попервой не засохла...”

Кто-то из солдат пристал к нему. Заскучав, приспустил шаровары и Сухов: “Тогда и к вечеру наведаем. Этого добра не жалко”.

МИРОВАЯ НОЧЬ

Что-то живое заворочалось у Сухова в ноздре, отчего он немедля приутих, замлел и вдруг чихнул, сколько было страсти, будто и душу вытряхнуть хотел. Чих был шире ночной мглы, по которой он пронёсся раскатисто. Овчарка, дремавшая на цепи подле постовых ворот, встрепенулась ото сна и залаяла, удушливо хрипя, бросаясь в аукающую темень, что обступала кругом склад степной роты, охраняемый ею, а также троицей солдат. Когда овчарка насытилась злостью своей, лаем, и устало улеглась на место, ничего больше не боясь, тогда темнота ожила — в ней зашевелились человеческие голоса.

“Вот брехло... Нагнала страху-то!” — продохнул Сухов и утёр расхлябившийся нос. Биение жизни возвратилось в сердце, будто вспугнутая птица в гнездо. Не видя во мгле своих рук да ног, Сухов со страхом задумался, из чего он состоит, как тело и личность, и прислушался к себе — и обнаружил с приятным щекочущим трепетом, что где-то в нём буднично работало сердце, размышлял ум, колыхалась душа.

“Недолечили тебя в госпиталях”, — сказал обыкновенно Отрошенко, такой громадный и сильный, что даже не вздрогнул, когда раздался чих.

“Какое там лечение... — рассудил Сухов. — Таблеток не дают, кормят лапшой. Выгодней болеть зимой, а не летом. Хоть погреешься! А так выходит, задаром болел, за лапшу”. — “А чего лапша, ты расскажи! — попросил Ероха. — Её с чем там дают, как у нас?” — “Да отвяжись, вот пристал... Слышь, Отрошенко, пойдём склады осмотрим — надо, всё же пост”. — “Это можно... Ну, можно... Да ну их, ещё ходить... Небось, не утащут, буду я выслуживаться. Подумаешь, можно и лапшу жрать, да, Ероха, не помрём? Хоть бы рассказал, правда, с чем она там, хоть послушаем, а то сил моих нет, скукота”. — “Нечего мне больше рассказывать, с вами всю жизнь проговоришь”. — “Это верно... Жизнь... А вот Ероха, дурак, звезду на небе открыл”. — “Какую ещё звезду?” — насторожился Сухов. “А такую... Прославиться хочет... Чего молчишь, дурак, давай рассказывай, послушаем... Ероха, слышь, не молчи!”

Ероха, было затаившийся, отозвался из темноты: “Я просто на небо поглядел, и вижу огонёк. И каждую ночь мигает, как заведённый, а днём ничего нет — я глядел. Если днём нет, то, значит, звезда. Раньше такого не было, а вдруг начало мигать. Сам не видит, а вот, обзывает дураком”. — “А ведь мигает, так точно! — ахнул Сухов и проговорил, не отрываясь, запрокинув голову в чернеющую высь: — А ты, Ероха, дурак, дурак... Звёзды разве мигают? Самолёт мигает, ракета... А так высоко одни ракеты могут летать, это же космос. Это, наверное, корабль космический. Он за сутки пролетает вокруг земли, а ночью оказывается в этом месте, прямо над нами, и мы его наблюдаем. Видно, недавно запустили. Вот он будто стоит, а на самом-то деле с бешеной скоростью летит!” — “Плевок тоже летает”, — гоготнул Отрошенко. “Да ну вас... — расстроился Сухов. — Чего с вами говорить...” — “А огонёк, глянь, как мигает, похоже, знаки подаёт или на фотографию снимает”, — подумал радостно Ероха. “На фотографию?” — удивился Отрошенко и смолк, а Сухов сказал запросто в наступившей тишине, закуривая папироску: "А по-твоему, в космос от нечего делать посылают, понятно, что фотографируют всё сверху, исследуют. Вот коробок спичек могут сфотографировать, такая стала техника. Тебя вот могут..." — и здесь уж сам тихонько гоготнул.

Затаив дыхание, Отрошенко задрал башку и доверчиво поглядел ввысь. Его сырая мясистая туша будто вскипела, а потом с неё сбежал обыкновенный испуг. Варёный, вялый, он думал одну мысль и безмолвно таращился на мигающий огонёк такими же красными от бессонницы глазами. После очнулся, будто от обмана, и сердито, обиженно заявил товарищам, странствующим в табачном тёплом дыму: "Всё... Хватит... Не надо мне ваших фотографий... С души воротит... Пойдём на обход..." — "Сам же сказал, не выслуживаться", — припомнил Ероха. — "У меня тогда настроение другое было, вот и сказал". — "С твоим настроением сдохнуть лучше", — брякнул Ероха. "Вот и сдохну, а ты молчи".

Эти трое из караула никогда бы не поссорились. Задушевная служба была у них на складах. Эти амбары, выбеленные гашёной известью и похожие потому на пещеры, хранили в себе неприкосновенный запас. Он сберегался годами, так что амбары успели сами одряхлеть. Солдаты прикреплялись к складам на всю службу — и тут, на степном отшибе, далеко за казармами сиживали, будто на краю земли. Караул их был ночной, утром их сменяли другие, с кем они не успевали и поговорить.

В ночи было тихо, и только издали слышалось живое гулкое дыхание земли, будто она ползла за караульными следом. Пустившись по тропе, сдавленной стенами, оградами, они останавливались у складских ворот, как чудилось, на каком-то далёком чужом месте, шаря кругом фонарями, долго проверяя замки. Ступив на тропу, медлили с каждым шагом. Малый ход оставлял времечко, чтобы подышать, и открывал хоть какой-то простор.

"Слышь, Сухов, тебе про Верку-прапорщицу рассказывали? Побегла она, остались без бабы", — похвастал Отрошенко, не оборачиваясь, на ходу. "Куда, она ж беременная?" — "Не дождалася, выкинула... Поплохело ей на прошлой неделе разом, снарядили грузовик, а вон, не довезли. В больничке полежала и бегом, сучка пропащая, неизвестно куда, ищут её, как дезертира, ты пойми. Пропила брюхо-то, всем давала, ну сука она, и всё". — "Женщиной она была красивой, вот факт, нагнали тоски..." — "Это как поглядеть, может, радоваться надо! — крикнул за спинами Ероха. — Ребёнку и жить было негде, Самохина, считай, в казарме жила. И отец у него неизвестный. А теперь у Самохиной вся жизнь впереди, и у нас дисциплины больше будет, тоже польза".

Караульные уже возвращались по кругу. Заслышав приближение людей, овчарка поднялась и зарычала. Признав своих, она поводила умаянной головой и подалась недалеко по нужде, рассеянно и хмуро их оглядывая. Потом забряцала цепью и, наставив слезливые глазищи в сквозные выси, завыла, глядя на звёзды и небо с человечьей жадностью, будто хотела их сожрать.

От овчарочьего воя стало ещё черней и тоскливей, как если бы от страха в одно мгновенье закрылись глаза и слышная тишина бродила бы кругом, ступая по тяжёлой от людей и растений земле, а не по воздуху. Караульные вглядывались с опаской в черноту, хотя и сами стояли у ворот, будто измазанные с ног до головы сажей.

"Гляньте, как! — прошептал Ероха. — Всё равно, что негры стоим или черти, чудно". — "Стоим же... Негры не люди, что ли... Светать станет, дурак..." Отрошенко бросил на землю брезентовый плащ и разлёгся, поклав под голову тяжёлые, ставшие ненужными руки. Засопел. Сухов долго вычищал от камешков землю и потом растянулся без стеснения — к нему рядом Ероха, так они улеглись. Лёжа на земле, не хотелось говорить. И жить не хотелось, маловатой делалась жизнь.

"Саня, Сухов, ты спишь?" — "Нет, чего ворочаешься..." — "Сань, а огонёк-то всё мигает! Я потому тебя из госпиталя ждал, что думал, ты же знающий. Давай, вон как другие, в газету напишем, ты да я. Напечатают наши имена, будет, что вспомнить?" — уговаривал робко Ероха. "Не знаю... Надо и Отрошенку спросить, он же вроде как тоже с нами ходит". — "Да с ним, как с бычком на верёвочке — вон, храпит!" — "Я не про это, вдвоём писать — это не воспримут всерьёз. Надо побольше народа, чтобы поверили". — "Сань, а может, это инопланетяне мигают? Я думаю, это они на фотографию снимают, исследуют нас". —

"Тогда я не буду писать, этот бред несите без меня. Я бы задал вопрос, попросил бы ответить, объяснить — вот это серьёзный подход". — "И про Самохину давай напишем. Ещё значительней будет, они с уважением отнесутся, когда узнают, как живём". — "Да я что, по-твоему, стукач?!"

Ероха испугался, утихомирился. И как-то незаметно уснул — так вот и огонь затихает, гаснет. Оставшись поневоле бодрствовать за товарищей, но точно зная, что сну некуда деться, Сухов разглядывал небо. Оно было таким близким, что дышало ему в рожу, раздавливало грудь.

Казалось, что за всем этим миром есть настоящий, в котором и живёт человек. А тут он временно помещён, будто в утробу, чтобы потом родиться, раз и навсегда. Огонёк, усыпляя, мерцал у самых глаз Сухова. И вдруг он испугался, не фотографируют ли? И против воли загладил волосы пятернёй, будто в этот миг и выходил снимок. Сухов ещё успел подумать, что в инопланетян он всё же не верит — и не поверит, даже если увидит их своими глазами. Но какая-то последняя тяжесть улетучилась из него, а душа, ум и совесть его покойно уснули.

Предутренний свет ещё обступал спящих, а по тихим светлым мосткам, наведённым его силой, из сумерек сходили степные просторы, травы. Разбуженные птицы кружили над военным поселеньем и опускались на землю, чтобы поесть. Там они клевали жуков, расхватывали вечных мошек, а насытившись, удивлённо глазели в небо, с высоты которого земля и показалась им отчего-то ближе, родней.

Овчарка выглянула из потёмок своей глухой будки, сколоченной из нескольких истраченных патронных ящиков. Чувствуя рассвет, она скрывалась в будке, а когда уже рассветало, вылезала из неё наружу, начиная новый день в таком порядке, и никак иначе. Зевнула всей алой пастью. И подалась из будки прочь, будто из старой шкуры. Потянув звериную худую спину, сосчитав позвоночки, она вдруг увидала перед собой спящих вповалку людей. Она подобралась к ним, приклонила застывшую морду и осторожно обнюхала, а почуяв их парное дыхание и сокрытую в нём жизнь, уселась рядом с людьми, и, щерясь с удивлением на солнце, расставила лапы по земле широко, крепко — надолго, будто бы навсегда.

СОЛДАТСКАЯ

Рыжая сука, похожая на маленькую женщину, лежала, тоскливо позёвывая, на перроне. Она дышала тяжело. С надрывом. Оглядывалась и, как нездешняя, как странница, кривила разочарованно свою сплющенную рожицу. Потом она чесала за ухом, вылизывала поджарое брюхо и, заваливаясь боком наземь, глядела с томлением на людей.

Солнце, взошедшее этим утром над Кызылкумами, было белым. Люди, притаившись под сенью вокзальных стен, не глядели на него.

Дряблые азиатки, укрыв лбы ладонями, дремали, раскинувшись по цветастым вьюкам. Мужчины, с отвисшими животами и будто двугорбые, сидели на булыжных пятках подле уснувших жён и похлёбывали воду из разноцветных, будто мозаика, стекляшных бутылок. Они оглядывали степенно маленькую рыжую женщину. А она, что-то подмечая на донышке их взглядов, принималась не спеша прихорашиваться. Чесала за ухом, вылизывала до тусклого свечения голое брюхо, распушивала на груди шёрстку приручённого зверя и, виляя хвостом, сощурив умильно чернявые глазки, шла прогуливаться туда и обратно.

Измученные ожиданием дизеля, люди с живой охотой пялили глаза на рыжую.

Собачонка вдруг изворачивалась, упорно выкусывая будто одну и ту же блоху, но, почуяв на себе чей-то взгляд, быстрёхонько встряхивалась, оправлялась, щурила глазки и виляла хвостом.

Кто-нибудь подзывал её, от скуки. Она медлила, морщила носик и, решив что-то про себя, распахивала в зевотной улыбке горячую и влажную, как поцелуй, пасть.

"Ца-ца-ца..." — подманивал её одинокий мальчонка, вытягивая из лохмотьев халата худую руку. Но рыжая, сама голодная, ошарила его худобу да голытьбу, презрительно фыркнула и, чуть оскалившись, обошла стороной. Мальчонка растерянно вобрал грязную костлявую ручонку в лохмотья, с тайным любованием и робостью поглядев ей вослед.

Отчаявшись, маленькая женщина подползла к жирному узбеку и о чём-то попросила его, лизнув в ладонь. Узбек зажмурился. Его ладонь пахла бараниной. И она лизала эту руку, накладывая язык, будто хлеба ломоть, покуда на вьюке не заворочалась грозная густобровая ханум.

Та поднялась на локотках и, оглядев с пристрастием собаку, стегнула её тугой рукой. Рыжая вскрикнула и отскочила, волоча, как тяжёлую ношу, глухой, клокочущий рык. "Уемас мазар тор",* — шикнула ханум, заправляя за ухо с золотой серьгой растрепавшуюся смоляную прядь, и тут же задремала, с хрипотцой, на цветастом вьюке.

Потом земля задрожала.

И задрожали вьюки, и женщины, разлёгшиеся на них. Густобровая ханум хлопотливо заохала и принялась выглядывать, поднеся ладонь ко лбу, чирчикский дизель. Дизель шёл тяжко. Будто переступая с ноги на ногу.

Кашлял. И шатался от кашля по колее.

В начавшейся кутерьме сурово спешили на чирчикский дизель люди. Дряблые азиатки с кобёлой щетиной на губах подпирали двугорбых, навьюченных мужчин с отвисшими животами. Дизель ворчал, разглаживая по перрону дымный, седой ус. Распарился, жарчел, покуда из окошка его не вынырнул голый, смеющийся машинист.

"Эй! — крикнул он белозубо. — Механизм не развалите, а то гляди — пешком потопаете! До самого Чирчика!"

Ханум расплевались при виде его: "Шайтан!" А он смеялся и тёр промасленной ветошью железку.

Докусывая наспех въедливую блоху на копчике, собиралась в путь и маленькая рыжая женщина. Она угодливо тёрлась о голенища сапог, елозила и скулила. Но её отшвыривали, влезали в вагон и бросались из разбитых окошек обглоданными косточками, мгновенно расположив на вьюках кушанья. А когда последние перебрались с перрона на дизель, то рыжую отшвыривали с подножек ради того, чтобы просто посмеяться и хоть как-то скоротать время до отправления.

Машинист в железке посуровел. Дизель совсем распарился, пожарчел и, лихо закручивая свой дымный ус, набирал, расшатавшись, ходу. Люди в окошках мелькали грустные. Некому было помахать им из вагона на прощанье рукой, потому что перрон был

---

* Живём, как на кладбище (*узбек.*).

3–3184

пуст, и одинокие деревца, клубясь из земли, будто росли понарошку или приснились.

Плача чернявыми глазками, рыжая откликалась воем на тягучий гул дизеля, будто бы не он, а она отходила в этот час от раскрошенного песчаной позёмкой вокзала.

Рыжая выла. Гудел дизель. Дрожала земля. А потом стало тихо. И только солнце светило и было белым. Тоскливо позёвывая, маленькая рыжая женщина улеглась на перроне. Теперь под вокзальной стеной сгруживались потихонечку отбывающие полуденным дизелем на Чимкент.

Чирчик, Чимкент, Чу, Ош — дизеля отбывали по строгому расписанию. Зная о строгости расписания, люди собирались на перроне загодя, а собравшись, осторожно располагались у стены и умолкали, чтобы оно, расписание, думало, что их ещё нет.

Седой старик с тощей котомкой, положенной в ногах, жевал хлеб. Отломив щепоть от жёсткого края, бросил его рыжей. Потом, обтерев крючковатые руки о мочалистую бородку, поглядел на хлеб, валявшийся в пыли, и на суку, обнюхивающую его. "Е-е-е, дестархан, барме? Барме?!"* — посмеялся он, тыча пальцем в корку. Рыжая подобрала кусок и стала с достоинством его жевать. А старик глядел. А когда нагляделся, то задремал, усыпанный хлебным крошевом.

Попыхивая папиросками и постукивая молотками по ещё не остывшей от дизеля колее, брели путейцы. Они были загорелы, морщинисты и немолоды, а когда не лыбились и не кривились от махорочной гари, то из морщин, из их глубины веяло белизной.

"Макарыч, глянь — собака!" — "Этот стык простучи. Чего встал?" — "Погодь, Макарыч, собака-то русская, ведь у здешних, окромя змей и гадов ничего не водится. Русская она. Наша". — "Как мы, значит? — расстроился Макарыч. — Куда ж занесло сердешную? Издохнет она, побожусь, издохнет. Или бабаи каменюкой пришибут". — "А я про что — жалко, не чужая ж вроде, а как мы". — "А у нас собачар в деревне знаешь, сколько было — не перечесть. Опять же от воровства обороняли. А тута чего оборонять — и домов толком нет, и воровать нечего, песок разве

* Это дастархан, понимаешь? Поняла? (*узбек.*).

что, а где он нужен, ты мне скажи, где?! Прознал бы, понабивал бы в карманы и за пазуху, и айда отсюда". — "Угу. Айда". — "Эх... Ты стык-то простучи покамест". — "А чего стучать. Если бы растрясло, то быть дизелю чирчикскому под откосом". — "Это верно. А ты всё одно простучи, Паша. Скоро чимкентский пойдёт". — "А чего стучать. В гробу я этот чимкентский видел". — "Паш, а собачке надобно пожракать сообразить. Тоща больно". — "А чего соображать, ведь издохнет". — "Но подкормить надобно. Пусть хоть перед смертью нажрётся всласть. В деревне-то нашей собаки всласть жракали. Не собаки, а телки были, честное слово". — "На обратной пойдём, мясца на косточке из механического прихватим. Она с перрона не тронется. Некуда ей. Будет ждать". — "Ты стык простучал?" — "Не-е". — "Так простучи, Паша, простучи... Ну этот дизель чимкентский, пущай с богом в свой Чимкент отваливает. И попутного ветерка".

Путейцы затоптали окурки и, постукивая молотками, побрели по колее. Обернувшись, Макарыч свистнул в три пальца и подавил хрусткую, полуденную тишину неуклюжими кликами: "Рыжуха, бабочка сердешная, жди! Мясца прихватим!"

Перхаясь недожёванным стариковским хлебом, собака закружила по перрону, выискивая кричавшего. В душном вдовьем вальсе закружился вокзал, небо с белым солнцем и земля. Закружились и другие ханум. И седой старик, ничего не примечая, закружился. Рыжая захмелела. И раскачиваясь, как от похабного веселья, упала наземь. Дремотно почесала за ухом. Дремотно вылизала рыжие сосцы. И усомнившись дремотно в том, что была кому-то нужна, уложила замороченную голову в лапах, будто бы собралась умирать. "Гау!" — послышалось ей издалека.

"Гау-гау!" — послышалось ей совсем близко.

А потом перестало слышаться, поскольку любопытный ублюдок уже принюхивался, склонившись над нею.

Ублюдок был крепок. Его могучая костистая голова сидела на шее будто влитая. Сморгнув прежнее своё выражение с какой-то соринкой в глазу, маленькая рыжая женщина потерянно принюхалась в свой черёд к псу.

"Гау!" — сказал ей пёс.

"Гау!" — сказала она.

Тогда пёс подумал немножко и сказал:"Гау-гау-гау".

Пёс задышал, раздаваясь грудью. А раздавшись донельзя, выдохнул. И выдох его получился долгим. Таким же долгим, как отправление чирчикского дизеля: "Гау-гау-гау-гау-гау-гау!"

Рыжая помлела и, привалившись к ублюдку, кротко сказала на всё это: "Гау".

Он куснул её за ухо и огляделся. А покуда он оглядывался, куснула за ухо она. Тогда он подыбился и, подмяв её под себя, ласково заурчал.Они были похожи. А разное можно было по пальцам пересчитать: то, что кобель и сука; то, что маленькая и большой; то, что рыжая и облезлый. То есть вовсе без шерсти.

Пёс подмял её под себя, но она выскользнула и нежно показала потупленные клыки. Пёс сказал: "Гау!" И они разлеглись на перроне, там, где раньше лежала она одна. А въедливая блоха мешала этой приятности, и рыжая, со злобой и усталостью выкусывая её, поднялась.

"Гау-у-у-у-а-а!" — взвыла маленькая рыжая женщина, мучимая блохой. Ублюдок немного подумал и, заглотив всей пастью то, где жила блоха, заворочал им с усердием. Блоха бежала, но была раскушена ублюдком посредине пути и выплюнута в песок с клочьями рыжей шерсти. Поглядев, ослабившись будто от родовых потуг, на ташкентский железнодорожный вокзал, маленькая рыжая женщина боязливо вильнула хвостом, боязливо задышала. И ожила.

Растопыривши лапы, ублюдок лежал на перроне и попирал тяжёлой, облезшей грудью земную твердь. А где-то вдали, постукивая молотками и попыхивая папиросками, возвращались и шли навстречу чимкентскому дизелю загорелые, морщинистые, немолодые путейцы, не припоминая покуда, что забыли прихватить в механическом мясца на сахарной костке...

Я был живым. А живых солдат отправляли на вокзал топтаться в толчее и заглядывать угрюмо в человеческие лица, на всякий случай. Люди по вокзалу ходили склонившись под тяжестью вьюков, отчего не получалось заглядывать в их лица с угрюмостью. И наваливалась скукота, так как больше глядеть было не на что. Караул от комендатуры считался потому одним из скверных. В этом карауле, который тянулся от утра до вечера, солдату особо хотелось есть. А поскольку на вьюках и буфетных стойках запросто, разгрызая курочку запечённую, жрали все отбывающие, то выходило, что не пожравши оставался он один. А это опять же скука и недобрая зависть.

Ещё в этом карауле всегда думалось о доме, потому что на вокзале гудели поезда, отправляясь по городам нашей родины. И какой-то поезд трогался по расписанию на Москву или Харьков — где жила мать. Лились по щекам слёзы, когда это случалось. Когда заспанные проводницы светили сквозь ночь фонариками. И когда на бортах вагонов мелькали облупившиеся башенки Кремля.

Скорый на Москву отбывал с вокзала в двадцать два сорок. И тогда плакал я. А в восемнадцать, пораньше, отбывал поезд на Ростов, и тогда плакал громадный Отрошенко, с которым чаще иных доводилось мне топтаться в толчее, будучи в карауле от комендатуры.

Привыкая, Отрошенко плакал по-вечернему и в полку. По заведённому обычаю, рота наша конвойная уплетала за ужином порцайки. И никто не знал, отчего плачет Отрошенко. Думали солдаты так: плачет потому, что от ужина к ужину который месяц каша в котелке — перловая. А такому горю солдаты были помочь не в силах. И только не мешали, как могли, ефрейтору плакать и давиться кашей.

Я же не плакал в двадцать два сорок, потому что ещё прежде старшина кричал по казарме отбой. Спал, стало быть.

А снился мне — Ташкентский железнодорожный вокзал.

ЗАПИСКИ ИЗ-ПОД САПОГА

ОБЛАКА

Под ногами поглядишь — земля. Топчи, покуда живёшь, не растопчешь: так коротка человечья жизнь.

Я по случаю рыл яму лопатой для солдатского нужника. Глубокая она вышла, крутая. Но и на дне этой ямы — земля! Размял её в горсти — та же самая, что под ногами, только та суровей будет, утоптали.

А в земле — жизнь: шебуршат, ползают. А мы по этой земле топчемся. Чудно, ей богу! Но жизнь в земле, по всему видать, скучная. Я на дне ямы посидел, покурил малость, и на сердце тоскливо стало. Не допыхтел, затоптал папироску-то, чтобы себя не мучить: успеется и в земле пожить... И ещё в яме тихо было, и дышалось свежо от сырости. На её донышко вода как-то прибывать стала. Подумалось: от жажды всё живое наскоро погибает, а тут и вода есть.

У нас на караульном дворике из земли два деревца росли. Саженцы. Ротный сказал, что будем в марево под листьями спасаться и для сердечной потребы на эти деревца глядеть — они на баб похожи по хрупкости и томленью. Но деревца-то по-мужичьи звать: тополь. И я подумал: это с Полиной родственно. Можно так и звать — Полина большая и Полина маленькая. Дерево как хочешь назови. Они одиноко растут, а если и совьются стволами, то им и любить нечем, ветки сами по себе, врастопырку растут. И детей им земля рожает, поднимая стебелёк из семени. Человек дерево бережёт, чтобы любить потом крепко, если одинокий, престарелый, или как мы — истосковавшиеся, живые.

Из тварей по земле ползают змеи, ящерицы, степные черепашки. Случалось, что конвойные мучили их, но это без злобы. Разгадать хотелось: для чего они живут на земле заодно с нами. Но как поймёшь, что творится у черепашки под панцирем, если не раскурочишь прикладом? При мне одну раскурочили — она из костей оказалась. Не поверилось даже: должно же в ней что-то чудное быть. Буров из второго взвода больше иных расковырял и говорит, что ни на грош не понял, — у всех одно и то же под панцирем. Тоска.

А ящериц папиросками жгли. Может быть, и не стали бы жечь, если бы кто по-учёному растолковал, почему они от боли жгучей, как люди, не кричат. Конвойный овчарку пнёт, она заскулит, а тут — папироской, самым угольком. А ящерица — будто немая.

Про змей говорили: "Если не ты, то она — тебя". И давили их без счёту. Давеча сержант Самохин у арыка ополаскивался и змеёныша сапогом, как увидел, так и придавил.

А ещё у нас по земле проволокой колючей наклубили и опутали ею лагерь. Он вкривь и вкось разрастался, и всё новое сразу опутывали. Потому что зеки, как кроты, эту землю рыли и рыли. Руками, ногтями её разгребали, будто себе могилы роют. А потом оказывается, что роют глубже могилы. А выносят землю во рту. Вырыл глубже могилы — и в бега.

Роту тогда боевой тревожили и вдогонку за зеком гнали — из земли отрывать. А её, гляди, сколько! И где рыть? А зеку в земле, видать, плохо было. Скоро наружу лезет.

Вываливается посреди степи из норы своей — смурной и квёлый. И пока его в лагерь ведут, молча плачет, весь от земли, как от горя, чёрный.

Такая она, земля. На колени встань, рукой погладь — шершавая, теплится... И вся тайна.

Скоро в караулке и повсюду сумерки будут. А я, запрокинув голову, на небо глядел. И кадык выперся из горла, как пугливая черепашья головка из костяного панцыря. Почуял на щеках тепловатое веянье ветерка, как размякшие ладони брадобрея. Мне небо шире земли на глаз кажется. Оно и нависло-то над головой будто нечаянно, и когда долго глядишь, то с запрокинутой головой очень свыкаешься. Будто и не запрокинул её вовсе.

И чудится, что землю перевернули, и ты паришь в небе. Вот только ветер холодает в сумерки, и его острие вмиг рассекает человечье горло.

А пока я навис над небом. А заодно со мной и караульный дворик, с Полиной маленькой и Полиной большой. И наш ротный "уголок по обороне": намалёванные бомбы и страшный взрыв, и ржавые, вырезанные из жести солдаты в противогазах, рядышком с гражданским населением — оно состояло из грудастой бабы без рук и девочки, у которой солдатня гвоздями выцарапала что-то пониже пупа, и невесть кого с открученной головой. "Уголок по обороне" был вкопан в землю посреди караулки, и потому не упал, когда навис над небом. И заодно со мной исправиловка парила в небе. Краем глаза я видел, что зеки тычут в небо и гогочут. Не понимают, что мы на волоске висим, и поберечься надо удачу нашу гоготом растрясать. Падать боязно. Кто знает, что с тобой будет, если в небо упасть?

Тоска. И жрать хочется, как перед смертью. Будто по оплошности тебя в мертвяки записали и пайки не выдают, а нутро живое и просится... Хоть бы мякины ржаной на пожёвку. Может, оттого и тоска, а не от неба? Я много раз видел, как солдатики стоят, из ротных, запрокинув головушки. И что кадык выпирает из горла черепашкой, тогда подглядел. И чего они глядят? И что Смиров тогда увидал?

А тогда было утро. И если сейчас бежать на багровый закат, сквозь ночь, без продыху, то, может, догонишь его? Оно покуда и глазам моим видно, на краешке земли стоящее, куда долгим днём вели его по степи убивать, опрокидывать навзничь — пасмурное утро того дня, когда послали конвой на запретку, чтобы вырыть ямы в земле под столбы для новой лагерной ограды.

Я видел эти ямы потом. Недорытые. Назавтра ротный пошлёт их дорывать, потому что зек копался без усердия и заглядывал в тёмное дуло конвойному. А конвойный — Смиров. Он топтался рядом и насвистывал про любовь, и сбивался всякий раз, когда зек увесисто сменял из руки в руку лопату. И потом снова под сгрёб лопаты в этой утренней робкой тишине подстраивал свист про любовь.

Зек отдышался, чтобы сказать так: "Гроза будет, служивый... Глянь, какие облака..."

Смиров запрокинул голову. И холодное, как ветер, лезвие вмиг рассекло ему горло.

И оно рассмеялось, брызнувши, до ушей.

Я увидел это потом: когда ротный, отяжелевший, будто надгробие, стоял у разметавшегося по земле человека, и когда Каримов глядел сам на себя из тёмной лужи — испуганный, с зализанными на косой пробор бурыми волосами. Было тихо. Курили. Из ненужных рук, ног и губ Смирова уходила навсегда кровь и как-то растерянно вытекала наружу. Она была совсем молодая, эта кровь. Редея, она делила часы на минутки, потом на мгновенья... и оборвалась, будто отмерив человеческую жизнь.

Солдаты стояли молча и всё ещё не верили. Ждали. И не брали на руки погибшего, боясь оставить в нём хоть одну живую каплю.

А Смиров тем временем стал пустым и белым. И его рука, с белыми и пустыми пальцами, лежала как-то рядом с ним, но отдельно, как чужая.

Я плакал. И плакал ефрейтор Каримов из бурой лужи, и тот Каримов, который глядел в неё. А ротный сказал нам: "Перестаньте, суки..." Потом Смирова несли на руках завёрнутым в списанную старшиной простыню. В караулке от него стало совсем тоскливо, и его положили в летнюю каптёрку на неструганную скамью. В каптёрке пахло мышиным помётом, будто ладаном. Ефрейтор Каримов снова и снова шёл туда поглядеть. Солдаты провожали его глазами и вели тихую беседу за портянки, байковые, полагавшиеся на осень.

А я жалел, что Лёху в землю зароют. Зароют с небом в глазах. А оно всё равно останется над ним висеть... И кто мне ответит — для чего жизнь устроена так. И знать хочу, отчего зеки пальцами тычут в небо. И ещё подумал, что из земли неба не увидать. Потому что темно в ней. И глаза застит.

НА СОПКАХ МАНЧЖУРИИ

Рота растянулась по степи, принимая бой. Рвалась из жил. Плюхалась в грязь и ползла на брюхе, силком подымаясь в штыковую, обматерив весь свет. Сержант, Вася Савельев, Янкель и я были посланы ротным командиром к сопке, на вершине которой бушевал вражеский тот огонь. Её рыжая изрытая маковка виднелась вдалеке. Мы бежали, а Янкель всё ныл, что не может.

Потом мы упали на землю, и Янкель ныл, что не может ползти. Осерчав, сержант гнал Янкеля наперёд себя прикладом, покуда ротный не прокричал, что его убило. Он обмяк и зыкрыл послушно глаза, а до сопки оставалось рукой подать, но все уже хотели умереть, как Янкель.

Побледнев от отчаянья, сержант и Васюха поволокли этого убитого. Потом и я волок Янкеля, так как про Васю Савельева ротный прокричал, что он теперь тяжелораненый.

Янкель был толстым беспомощным человеком. И чем дольше мы его волокли, он становился всё тяжелее. А мы только подлезали к сопке, с вершины которой не враги не свинцом лупили по нас и по залёгшей в грязи роте.

У подножия, шатаясь от усталости, сержант закричал: "Пусть топает своими ногами, надоело тащить!" Но ротный, который и шагал за нашими спинами, подгоняя, страшно гаркнул в ответ, и мы опять сознались, что Янкель убит, что Васюха ранен, и полезли молчком вперед.

На вершине сопки было освобождающе пусто. Закладывая уши, гудел ветер. Опустела с той высоты и степь. И был ротный — с полпальца, давно отступивший и позабывший про нас, и солдаты, рассыпавшиеся по степи, как ржаное крошево, которое, накрапывая, клевал воробьиный чахлый дождь. Вася Савельев ожил. Сержант остыл и подобрел. Завалившись на бушлаты, мы отдышались, успев и закурить.

Янкель всё не вставал.

Сержант окликнул его, а не утерпев, поднялся с бушлата и ткнул сапогом, нагоняя, чтобы вставал. Возился он с Янкелем без нас, которые угрелись и покуривали уже в сторонке. Только когда сержант приник к его груди и сам обмер, затих, Савельев отставил нехотя папироску и позвал: "Ты это, чего заслушался-то, на скрипалках, что ли, играют?" — "Мужики, у него в груди глухота одна". — "Там биться должно! Ты сердце слышишь? Да не там, выше возьми, а то в живот залез..."

Сержант оторвался от Янкеля и попятился на карачках, уворачивая от него глаза, не дыша. "Ты это брось! — взметнулся горячечно Савельев — Ты куда!" — "Помер, браточки, е-ей-б-богу..."

Но Вася Савельев как всгорячился, так своё и гнул: уж больно развалился жидёнок сладко. "Чего удумал, чтоб и в обратную на горбу нашем... А я говорю, встать! Нечего землю лапать, слышь, пархатый, — встать, встать!" Васюха склонился над Янкелем и принялся трясти за грудки этого, в глинистой шинельке, человека, которого не мог больше терпеть.

"Не может он!" — вскрикнул сержант и бросился куда-то, как в пропасть. Савельев вдруг отлип и вгляделся тихонько в человека, поперёк которому в тот миг дул застуженный ветеряка. А он лежал разметавшись, тяжёлый, неживой, упершись в хмурое безмолвное небо расколотым морщинами лбом...

Рота по степи собиралась ауканьем. Земля под сапогами была тяжела. И солдаты долго шагали к сопке. Со всей степи сносили солдаты землю на сапогах к Янкелю, осиливая сопку, крутой её и смертный подъём. А потом мы тащили его в полк, уложив на бушлат, — сержант, Вася Савельев и я. Тащили как могли бережней, так как ротный не знал и трепетал: "Не тряси, не тряси — может, живой!"

Прибыв в полк, мы снесли Янкеля в лазарет. Но роту не разоружали, и на плацу не приказывали выстроиться, потому что все ждали — может, живой! И лекарь чего-то не постигал и ждал, и всё возился в лазарете с Янкелем.

Но вышло так, как не ждали. Янкель был толстым несильным человеком. У него сердце разорвалось.

ЛЕПОТА

Не сыскать заветней земли для конвойного на карагандинке, чем Долинка! То-то и позавидовали полковые по-хорошему Саньке Стрешневу, узнав, что отправляют его туда из полка служить за невесть какие заслуги.

Прослыл тогда Санька Стрешнев средь конвойников везунчиком. И говорили о нём, что в Долинке заживёт сытно, весело и не будет это счастие дармовое пота ему и крови стоить.

И кто из конвойников о жизни такой, зажмурившись, не помечтал бы, ведь в Долинке на день по кружке молока положено было, по черпаку густого творога, и хлеб белый к пайке давали — не чета полковому-то, сермяжному. Ремней тугих солдаты в Долинке не носили, чтобы отъевшееся брюхо для своего удовольствия обвиснуть могло. И на вышках спали, ладони под головы заложив, чтобы сны сладкие видеть.

Счастливо конвойным в Долинке! А всё потому, что зеков на эту исправиловку за тем лишь гнали, чтобы умерли от чахотки. И вся служба солдатская была — гробы ихние из кузова в кузов ворочать. Тяжесть мирскую из себя с чахоткой выхаркав, помершие были легки. Одни гробы и вышибали на солдатском лбу испарину, стерев которую, конвойник от души накуривался папиросами, валился тягуче наземь и разлёживался с ленью, покуда не отходил на больничных нарах другой зек.

Кормили солдат из больничной столовой, где чахоточным молоко с творогом полагалось. Зеки ж мёрли, а кто не помер — тот с жизнью прощался и молока не пил, чтобы не тратить остаток её на пустое. Им на небе скоро всего вдоволь будет.

Эх, подвалило счастье Саньке Стрешневу! Лепота! И гробов не таскать — до ефрейторов выслужился.

Хотя с гробами управляешься без той мороки, какая случается с живыми. Тут и широту шага выбираешь по душе. И укладываешь в грузовик, как сам пожелаешь. С живыми же иначе всё. И овчарки хрипатки пообрывают, покуда высыпешь из кузовов разомлевших от вольной езды зеков. А бывает, что и срыгнёт, который послабже, на гимнастёрку или вычищенный сапог, и чуть ли не плачет конвойник.

Потому с гробами проще. И поопрятней зеков они, и смолою пахнут, будто в лесу гуляешь. И не грустно так, как бывает, когда прибывает в больничку этап с чахоточными: плачут они и на землю от слабости падают, а на это жалко глядеть. И ещё жалко зеков живыми видеть, потому что они мёртвыми в гробах будут лежать. А ты же их будешь ворочать — из кузова в кузов.

Может, потому и выбился Стрешнев в ефрейторы, что грустить не любил? Он же с мёртвыми теперь не знается. Он живых под заботу берёт и до ворот лагерных, как старший средь солдат по чину, провожает.

Но мало зеков в Долинке осталось. И скучает Санька. И рота конвойная скучает с ним заодно. Ждут солдатики этапа. С этапом прибавится живых. И мёртвых, на которых положены к пайке молоко, творог и ломоть белого хлеба.

Этапирование чахоточных в лагерь начиналось, будто половодье, весной. За зиму чахотка измучает человека, а к весне её хватка станет как будто слабей. К тому же пригреет солнце — и потают холодные снега, потеплеют ветры. Иной и порадуется. Подумает, что выдюжил, что хвороба отступила, что вот уж и весна, что летом так и вовсе наберётся силы. И только немногие, кому довелось пережить зимние холода, знают, что приговорены к смерти. Что и легче стало потому, что чахотка последнее здоровье сожрала. Что и отпустила она, потому как незачем уж дохлятину рвать и душить кашлями. А догубит и отпоёт весна — без умысла, молодой и слепой своей силой. Как если бы беспечно перевязки с израненного сорвала, а кровь бы из незаживших ран вытекла.

Только потает снег, и разбухнет от влаги снеговой земля, как поднимется сырой дух. А тепло-то весеннее нестойкое, раннее. Вот и свежо вокруг, и морочат запахи. Но если вдохнёшь глубоко, то будет тебе за надежду обман. Будет вечный сон. Ведь гибельным и последним цветом своим расцветёт в груди и чахотка. Ах, и легкость, паренье светлое, и свежесть, и покой... Кто бы догадался, что такой смерть и приходит.

Этапы на Долинку собирались в пересылочной тюрьме, куда зеков пересылали по больничным направлениям рабочие лагеря карагандинки. Весной, когда прорастала озимая чахотка, зеки в пересылочной долго не задерживались. До требуемых этапом сроков они собирались в три-четыре дня, то есть сразу. Тюремному конвою не было охоты оборачиваться из тюрьмы в Долинку по нескольку ездок. Ведь и дорога неблизкая и хлопотная — по разбитым распутицей степям. Бывало, человек до двадцати втискивали в кузов автозака. А если зеки не ужимались, то травили ихнего брата овчарками — тогда в кузове с потом и кровью освобождалось нужное место.

О прибытии этого первого весеннего этапа долинкинский лагерь был предупреждён заранее. Готовилась принять чахотку санитарная зона. Готовилась и охрана. Ожидание этапа будто взбодрило солдат. То есть, была и весна, и всякое такое настроение. Но этап — это этап. Весны ведь не надобно ждать, она сама приходит, от этого иногда и скучно бывает. А ждать автозаков, ждать чахотку, ждать знакомцев из тюремного конвоя — куда веселей.

В прошлый этап Санька Стрешнев наменял у зеков много разного добра. Расчёски, нательные серебряные крестики. И ещё фотка ему досталась красивой женщины. Домашняя. Женщина в халатике на кровати лежала. Эту фотку он из жалости взял. Сходу, за полпачки сигарет. Уж больно зек упрашивал. Хотя она Стрешневу и не была особо нужна. Так только, поглядишь, потешишься и переложишь из кармана в карман. Были зеки, что за водку и зубы золотые предлагали. Но Санька чахотки от зубов боялся и даже в руках для пробы не держал.

В этот же этап он очень хотел выменять какое-нибудь колечко. И важно было успеть к колечку прежде других. Желающих до такой тонкой вещицы средь солдат много. День, два — и зеков оберут подчистую. А потом ищи-свищи. Или у своих выменивай. А на что? Фотки и даром не надо никому. Кресты ж нательные, пускай и серебро, но кто возьмёт, если зубов золотых навалом. Один Санька зубы брать боялся, тогда как остальные брали. И уж дела им нет до серебра. Так что надобно колечко нахрапом брать. Утром из полка точно сообщили, что на Долинку выслали этап. Начальник сказал Стрешневу набрать себе в помощь солдат. Стрешнев ухмыльнулся и взял четырёх узбеков. Они по-нашему ведь говорят плохо, не смогут с колечком обогнать.

И с утра их освободили от общей службы. Думали, что скоро прибудет этап. Но до полудня Санька без толку шатался по караулке. А то выйдет в степь и устало на дорогу глядит: не едут ли.

Снег на вершинах сопок стаял. А по склонам и ложбинам ещё комкался, похожий на клочья шерсти.

Поутру солнце невысоко поднялось над землёй, но вот к полудню его уж и не было видно. Будто растворилось, замутив небо. Чем ближе была степь, тем прозрачней. И всякую малость примечал глаз. И пучок сохлой травы, растрёпанной ветром, и то, как по разбитой хлябью дороге от ветра ж расходится зыбь.

Исхолодав на степном ветру, Стрешнев потом пил с узбеками горячий чай в столовом помещении караула. Этапа и ждать перестали. Но послышалось завывание моторов.

Стрешнев поглядел в оконце, там как-то быстро смерклось. Они вооружились и вышли на двор. Небо заволокло. Накрапывал дождь. Узбеки не отставали от Стрешнева ни на шаг и стояли неподвижно, когда за какой-то надобностью останавливался и он. Из собачьего сарая, расположенного в глубине двора, вывели овчарок. Покуда дожидались караульного начальника, они улеглись брюхами в холодную грязь. И задрожали, поскуливая. Ефрейтора самого зазнобило, и он закурил, пряча в кулаке сигаретку.

"Ну, чего вывалили? — ворчал, появившись, начальник, — глядишь, шкуры не казённые. Одно, что вымокнем зря. Давай в караулку! Вон смурота какая..."

У лагерных ворот прозябали два прапорщика из больничной охраны. И несколько санитаров из расконвойных зечков. Солдаты перебрались со двора на их сторону. Ворота были распахнуты, будто их никогда не запирали. Ветер скрипуче створы качал. Дождь то был, то не был. Тошнота одна. Он как будто до земли не долетал. И у Стрешнева сигаретка сырой стала. Он её растоптал, когда первый автозак упёрся в надолбы у подъезда, а потом боком к нему притёрся конвой измученных, облепленных глиной машин.

Поначалу из автозаков вылезли шофёры и прапорщики.

Один из них, начальник конвоя, глядел на небо, будто отродясь не видел дождей, и матерился. Потом обматерил вместе с проклятой Долинкой караульного начальника. И Стрешнева — за то, что ефрейтор не отдал чести. Шофёры были узбеками и пристали к своим землякам из охраны. Стрешнев приладился к прапорщикам и стал расспрашивать, отчего конвой так долго был в пути. Ему отвечали, что застряли в распутице, что глохли под дождём моторы и что зеков выгоняли вытаскивать машины из грязи. А чахотка дохлая пошла по этапу, так что повозились ей-ей, покуда тронулись. А на одной западине пришлось час барахтаться. Зеки и конвой вымокли насквозь. А несколько зеков ведь и с ног повалились. Может, что и живыми не довезли.

Стрешневу не верилось, что где-то близко бушевали дожди. У них-то такого дождя проливного не было. Тогда прапорщики смеялись и на глазах выжимали чахлую воду из шинелек. А ещё указывали взглядами на край земли, пугая, что насилу из той пропасти выкарабкались.

Потом повалил из машин путевой конвой. Лица солдат были грязными, а сапоги залеплены по голенища, похожие уж на валенки. Нестройным рядом они растянулись подле автозаков, закуривая и дожидаясь передачи. Стрешнев же с узбеками за воротами встал, куда чужим не было ходу. Овчаркам припустили поводки, чтобы свободней им было. И ведь твари они, а встали по местам, будто солдаты, буднично, зло, неспешно.

Когда из автозаков погнали заключённых, овчарки как по команде залаяли. Стрешнев оглядывал прибывших, думал о том, что вот погода всё испоганила. И хотя в подсумке был для обмена табак с чаем, но что уж с ними поделаешь. Зеки тащили машины из распутицы и до смерти уморились, так что и языка не вяжут. Еле-еле равняют их овчарками в ряды, серых и старых. Молодых, которым и было что менять, маловато в этапе. Стрешнев приметил одного, потому что он как-то живо вокруг себя оглядывался. Сразу видно, что живой, подыхать не согласный.

Захотелось быстрее в караулку — греться и допивать чай. Этап пришёл, а чего дождался? Не пришёл бы, так и меньше было бы маеты.

"Запускай! — прокричал рядом начальник. — И санитаров живей с носилками. Тут лежачие".

Зеки загудели и ряд за рядом схлынули с этапного отстойника на широкую каменную дорогу, какая была оторочена кручением из колючей проволоки и вела к больничному подворью. "Ща в бане будут париться, блядюги... — переговаривался конвой. — Скоро, что ль, ехать? Не дорога, а навоз, всюду вязнешь. Треба зараз з товарищем прапорщиком поразмовлять, нехай накажет, шоб швидко ихали". Начальник путевого конвоя прикрикнул на своих: "Чего, суки, бродите? Залазь по местам..." — "Там лежачие, не вынесли ещё. Носилки надо". — "Ишь ты, лежачие, а ну тащи их за шиворот!"

Конвой же не хотел мараться. Ждали санитаров. И когда явились расконвойники с носилками, то уж узбеков созывать стал, чтобы восвояси побыстрей убраться. А караульный начальник, умаянный, выговаривать принялся: "Ты на службе, ефрейтор, а не на гулянке. Так и жди моего приказа..."

Носилок было двое. И двоих зеков из кузова выволокли.

Солдаты из путевого конвоя гаркнули, чтоб и оставшегося тащили наружу.

"А куда его, он же на ногах не стоит?" — "На землю вали, глядишь, не растает..."

И последнего вытащили за руки да за ноги, сложили на землю. Конвой снялся с мест и пошагал в машины, прячась от ветра и холода. Стрешнев распрощался с конвойными, кого по службе помнил. А когда санитары с носилками потрусили в зону, то остался подле последнего чахоточного стоять.

И так ему чудно было, что чахоточный на земле лежит, тогда как другие по ней сапогами ходят. А начальники рядом свару затеяли, будто воробьи из-за зёрнышка. Прапорщик путевого конвоя требовал у начальника лагерной охраны, чтобы он тут же расписался за прибывших — что доставили до места заключения. Но тот заупрямился по пустяку. Пускай, говорит, последнего заберут. Я, говорит, в службе люблю порядок.

Так они поссорились, но вместе ушагали в караулку греться. А Стрешневу указано было дождаться санитаров и дать знать, как поволокут зека на зону.

До больнички санитарам с носилками немного было пути. Но особо не будут гнать. А Стрешнева зло взяло, что расползлись все по тёплым местам, а он лишь тут над чахоткой стоит. Хотя и сам узбеков от себя не отпускал. Отпуск был дан только овчаркам. А узбеки-то подле него, как истуканы, завороженные стояли. "Кеты ма?"* — каркнет в тишине один. А другие понурили головы, молчат, будто оглохли.

Больной же зек на земле лежал. Стрешнев на него поэтому глядел, как на землю. Дышит. Постанывает. И вдруг открыл глаза... Так ведь открыл глаза, а увидел — небо, глубокое да холодное, будто свежевырытая яма. Дыхание перехватило. Задрожал. А потом покосился тихонько на Стрешнева.

"А-а-а-а..." — протянул, будто что-то понял.

А Санька молчит. Видать, зек-то забредил.

"Солдат? — спрашивает, а сам на небо мимо Стрешнева глядит. — А земля где же?" — "Лежишь ведь на ней. Приехал. Уже дома".

---

* Пошли? (*узбек.*).

Зек полыбился слабо. И не верит, будто обманывают его. “Меня заберут, сынок?” — “Заберут. На носилках, батя, прокатишься. А чего это у тебя на шее? Крест? Из серебра? Может, на чай сменяешься?” — “В бога веруешь...” — проговорил зек, скривясь от удушья. “Кто его знает... — сказал Стрешнев, приглядываясь к крестику, — Бог вроде есть, а вроде и нет. Так сменяешься?” — “Замерзаю я...” — простонал старик, и глаза его как-то просияли. А потом закашлялся, да жестоко так, что Санька склонился над ним из жалости. Вот же из такой жалости, из какой не обогреть мог, а пристрелить. То есть даже и замараться против воли кровью. Ведь лежит на сырой земле старик и видом своим мучает.

“Прямо так и замерзаешь, разве так бывает?” — “Человека я зарезал, и ещё одного... Многих со свету сжил, — задышал старик. — Веришь?” — “А вот крест бережёшь”, — сказал Стрешнев. И без всякой усмешки сказал, а так, будто было старика за это жалко. И хотел ефрейтор поднятся, а зек рукой цепляться стал, пальцами скрюченными.

“Холодно!” — “В больничке будет тепло”. — “Знаю. Отнеси туда...” — “Не-е, уж полежи чуток. Это тебя санитары, их работа”. — “А не бросят? Ты побудь со мной, тебе вот и крестик надо”. — “Что, надумал, батя? Серебреца-то у тебя в кресте небольно, много не жди, не дам”, — едва обрадовался Стрешнев. “Помнить будешь... Кха-кха... Что я отдал. Меня помнить”. — “Ну ты... А может, и задаром отдашь?” — “Кха-кха... Забудешь ведь...” — “Ну и валяйся...” — сказал Стрешнев и легонько оттолкнул старика.

“Отдам, отдам... Кха-кха-кха... Пригнись, дай руку”. Зек выпятил губы, будто что-то ещё хотел сказать, но не хватало сил. Цепляется за Стрешнева, дрожит. И то ли от озноба, то ли подняться силится и тянет Саньку за собой. “Ближе, ближе... — хрипит. — Дай руку!” Надоело Стрешневу подле зека приседать. И ветер по земле поддувает. Тут и громовые раскаты раздаются вдали, а потом проносятся над головой, от страха голову пригибаешь, будто ей-ей расшибёт. Узбеки грома испугались. И боязливо так на ефрейтора глядят, зовут в караулку. Ветер со степей поднялся и, как зверюга голодный, шинельку треплет, урча.

А зек всё же приподнялся. За руку Санькину схватился. И глядит глаза в глаза. Стрешнев сбросить хотел — от старика воротило, будто б обернулся тот ящером, но как задышит он, задышит... Грудь вот клокотала, выдавливала что-то щемящее, смертное из себя.

Думал Стрешнев, что слово важное сказать хочет, чуть не тайну ему одному открыть. А ладошку вдруг будто обожгло. Глядь Санька в ладошку-то свою, а там кровавый харчок. И у зека-то рот окровавился. Как выхаркнул чахотку, так и обмяк. И наземь затылком грохнулся. Корча пошла. А у Стрешнева харчок кровавый в ладошке. И он так его боится, что в кулаке сжал. Оттянул чужую, страшную руку от себя, будто бы и лишился он этой руки. Побледнел и заплакал: "Мамочка, мамочка..." А сам не знает, куда деться. Душа врасплох, и ветер душит, то есть дует в разинутый от плача и нытья рот.

Тут санитары показались. И Стрешнев кулак от них в шинельку спрятал. Привиделось ему, что будто и разглядывают кулак. Хотели они зека класть на носилки, а ведь у того губищи в алых пузырях. Спохватились. Стали тормошить да спасать, а зек-то на поверку мёртв. "Вроде помер..." — говорит один другому. "Так ты ещё пощупай". — "Не, чего и щупать — точно помер. Солдат, зови начальника, отошла его душа. Скажи — трупешник у нас!"

А Стрешнев и рад: закивал головой примерно, будто он прислугой у санитаров и только их распоряжения ждал. "Товарищ начальник!" — орёт, не добегая до караула.

И на глаза боится попасться. За чужие спины — шасть. Хорошо, что конвойники из автозаков на мёртвого глядеть повылазили, то есть и было за кем спрятаться.

Дождь снова зудел, накрапывал — меленько, меленько.

А начальники караула да конвоя остервенели, от них же расторопка и на солдат нашла. Солдаты, санитары, врачи из больнички под дождём столпились подле мёртвого зека, и кто ни попадя, с кем ни попадя ругаются, чей это теперь груз. Конвойные орут, что они в Долинку живым доставили, а такого некуда им везти. Лагерные — на дыбы: труп за воротами, пусть отвечают, кто уморил по дороге. Сошлись было, что возможно смерть его оформить завтрашним днём, чтобы не портить никому картинку. Но тут новый спор, кто ж кому за это задолжал.

А тут дождь хлынул. Да так, что будто не дождь это, а снежная вьюга. Капли то кружат, то сыплют, то застят белым-бело глаза, не иначе зима вернулась.

А мёртвый лежал — лицо чистое, грозой с неба омытое. И водица дождевая кропила в отверстый рот, будто он никак не мог напиться, а если и умер, то от жажды. И вот вокруг мёртвого и заводило свой дикий хоровод ненастье, а он лежал спокойный и недвижимый. Будто вихрящийся дождь и прорывы ветра сквозь дождевой ток и бои грома были его душой. И душа эта металась исступлённо над неподвижным телом и билась об него. Степь лежала вдали будто освежёванная. Черные кости саксаула торчали из земли. Мутные, буроватые от суглинка потоки стекали в ложбины. А сама земля выворотилась этакой нутряной кишкой — рыхлая, нежная и парная.

Покуда начальники уговаривались о двух бутылках, Стрешнев терзался своими мыслями, сжимая в кулаке харчок, которого, верно, уж и след мокротный простыл от его-то жара. Думал, что надобно его уничтожить, смыть. Что чахотка — верная смертная смерть. Что вот он эту смерть в кулаке зажал, а разжать страшится. Начальники сговорились на трёх бутылках. Тут же все и разбрелись, а Стрешнев остался стоять потерянный, сторожил свою смерть. Санитары уже уносили зека на зону. Рука одна свесилась с носилок и махала ему, прощаясь, как живая. Санитары не подобрали её. А у самых ворот вдруг встряхнули носилки, уравняли труп, чтобы легче было нести, и рука сама собой взмахнула да залетела старику на грудь.

Начальник закричал на Стрешнева, и он поплёлся вслед за всеми в караулку. Там начальник приказал раздеться и выжать бельё. Стрешнев в умывальню зашёл. Разжал окостеневший кулак, а в ладошке ничего не оказалось. Он её к лампочке поднёс, чтобы разглядеть, значит. А на ладошке алый следок — чуть видно. Тогда же он руки стал мылом тереть. А потом об стену, об кирпичную — до крови. И уж ждал своей смерти. Но не знал, как начальнику доложиться. Так как он собирался умирать, то белья не выжал и остался в сыром, будто заживо лёг в могилу. Потом он чифирил в столовом помещении, а солдаты расспрашивали про этап, знали, что ефрейтор охотился за колечком. Стрешнев цедил горячий горький чифир и молчал, потому как солдаты отчего-то стали ему чужими.

Потом в лагере сменились караулы. Санька возвратился в казарму и слёг в койку, его мучил жар.

А наутро его с бредом и жаром в санчасть отправили. И ещё одного узбека из тех, что встречали с ефрейтором этап. И другие прихворнули, видать, застудились. Но вот Стрешнев в бреду плевался, когда его на носилках в санитарную машину несли, и кричал, что все они сдохнут. И даже не плевался, от жара во рту была одна сухота, а губами из себя пустоту выталкивал, бубнил. А солдаты по отбытии Стрешнева в госпиталь говорили, что ефрейтору всегда везло. Что вот и теперь будет нежиться на чистом белье и сытной больничной пайке. Что возвратится в роту, вылечившись от простуды, когда уже будет тепло. Может, и летом. И что наверняка выменял Стрешнев желанное колечко, только никому не сказал и не показал, чтобы не обчистили.

ЗАДУШЕВНАЯ ПЕСНЯ

Глотов был робким человеком. А в Бога не верил. Службе государственной душу вверял и делался покорным, тихоньким, будто за одно это обещали похоронить с оркестром.

И вот жена Глотова умерла при родах, потому что сердце от боли разорвалось. Ребёнка вызволили сечением из мёртвой. А он от смерти материной с рождения помрачился, то есть на всю жизнь душевнобольным стал. Дылдой вырос, головой ударялся о дверные косяки, а всё ходил под себя, мычал, ревел и канючил, будто из пелёнок.

Глотов старшиной в роте служил. И солдаты над его обидной судьбой иногда задумывались. Думал и я, что хорошо бы уродцу с мамашей умереть. Или по прошествии времени. А ещё лучше, если бы мать жива осталась, а помер уродец. Или, по крайности, чтобы и младенец, и мать, и Глотов в одночасье померли, потому что старшине — всё одно не жизнь, а убогого не жалко вроде.

Но прапорщик душевнобольного в дом особый не отдал, хотя сынок не человек рос, а так. Нарекли Дмитрием. Смешно же. Ему это имечко враз под убогую личину перекроили, и в глаза

Дёмой прозываться стал. Или вот — обучили кое-каким обычаям людским, а ещё смешнее — будто зверёныш натасканный на задние лапы поднялся.

И когда подрос Дёма, водил его Глотов за собой в казарму для пригляда. Иначе зашибиться ненароком мог. Смерти не боялся. Запирал сына в каптёрке, какая переполнилась казённым имуществом и обступала душевнобольного, будто утроба. Только и оставалось места, что на табуретке сидеть. И так диковинно пахло вокруг исподним бельём, портянками, мылом, что он утихомиривался и канючить переставал. Или насобирает целую горсть пуговиц, золотых, ярких, и давай из руки в руку пересыпать. А иногда и улыбается.

Солдаты не брезговали уродцем. Свыклись. По малому ходу казарменной жизни и бодрил он, и потешал. Вот ведь выучили Дёму пить водку, ругаться матом. И другим непристойностям от скуки выучили. И не раз подговаривали задрать юбку писарше Хватковой или ущипнуть её за большую грудь, потому что это смешно. Старшина же не роптал. Он радовался, что сынок хотя бы и матюгаться умеет, человек-то всё одно пропащий.

Каждый месяц в роту приезжал военторг. В грузовой машине было много разного товара. На плацу собирался служивый народ и торговал у заезжих: кто курево, кто платья с рубахами, кто печенье и сладкие конфеты.

И только Глотов ничего не покупал. Жена погибла, мёртвую в платье не оденешь, для себя жалко, а сын душевнобольной. Ему конфетку дай — обёртку съест, а остальное в задницу засунет или потеряет.

И старшину жалели, что приезжает однажды военторг, а он так ничего и не покупает. А Глотов и сам себя за это жалел. Ведь когда все на плац к грузовику вываливали, он у сынка в каптёрке прятался. То есть горевал. А как-то, видать, не утерпел. Топтался, как потерянный, у фургона, а потом вдруг озлобился и полез напролом к прилавку.

“Пропустите, ребята! — кричит. — Я тоже хочу отовариться!” Но как пробрался к товару, так оторопь взяла. Не знает, что сыну купить. И купил от расстройства не печенья, а самую бесполезную вещь, какая была. Гармошку! Одно, что дорогой была — лаком облитая, с узорами да кнопарями будто из перламутра.

Подвыпившая торговка поначалу выругалась, когда спросил Глотов гармошку. Думала, что издевается. Ведь и сама её ради одного вида выставляла. А потом всполошилась. Закружила перед прапорщиком, чтобы не передумал. Гармошку тряпицей обтёрла и так ещё угодливо подала. "А то сыграй! Уж, Рассея, спляшу в последний раз..." — кричала она, покрывая солдатский гул. И грудями обвисшими трясла и притопывала.

Старшина же обнял гармошку. И побежал в казарму, раскачиваясь, будто с торговкой этой и выпил, и сплясал.

И ведь прибежал радостный. И от счастья-то какого-то задыхается. А потом отдал сыну и гордо так глядит по сторонам стола. А собрались писарши, солдаты, прапорщики. Из любопытства, чтобы поглядеть.

"Вот! — говорит старшина громко. — Справил сынку подарок. А то, думаю, пускай побалуется. У нас, что ж, такие ж деньги есть". — "А ведь и дорогая вещь?" — с почтением спрашивали Глотова писарши. "А как же, как же... Сорок рублей! Глядишь, Димка играть выучится. Может, за деньги будет выступать!" — "Так точно, — захлопотали скоренькие писарши, — и понятий особых не надо, а только пальцами туда-сюда перебирать. А с таким-то дорогим инструментом за выступления большие деньги будут давать". — "Что и говорить! — покрикивал Глотов. — Тут же лака одного сколько, а узор? С такой вещью парады давать, а не выступать. Тут за узор и то хлопать станут! Знала бы голубушка наша, Нина Ивановна, эх! не дожила сердешная, глянуть на эту красоту. Может, и я-то не доживу!"

Все будто спохватились. И будто обмякли через мгновенье. Как если бы гром среди ясного неба раздался. Рты пооткрывали и глядят друг на дружку. Вот тебе и Глотов, надо ж куда метит, чуть не в парады! Надо же, как покупочка обернулась. Прямо страх какой-то по косточкам перебирал. Будто Глотов уж и не Глотов, а генерал, а они звёзд генеральских сразу не распознали и едва отвечали, а надо было бы смирненько вытянуться и честь дрожащей рукой отдать. А они ведь к нему, как к пропащему. То есть и жалели иногда. А про сынка чего и говорить.

Глотов же и впрямь на генерала походить стал настоящего. Слова, будто кости, бросает, будто их подбирать должны. Отдувается. Прохаживается подле душевнобольного сына — и то ворот смявшийся поправит, то складочку на рубахе разгладит, а и к себе прижмёт.

Дёма же притих и отца раглядывает, будто не узнаёт. Потом гармошку руками потрогал. И забыл про всё вокруг. Меха растянул и в лице переменился. Что-то родное почуял в рёве гармошки. Солдаты от умори рассмеялись. А потом и писарши прыснули в ладошки.

Больной тоже заулыбался. Подумал, видать, что всем от его игры стало веселей. И налёг на гармонь. Голову от счастья запрокинул. Дышит глубоко, жадно, будто глотает что-то или пьёт. А она ведь в его руках воем заходится. Да истошным таким. Будто режут кого-то. То есть убивают. А Дёма дрожит, извивается легонько и — подвывает. Но не голосом, а глубоко, глухо, будто нутром.

Тут замершего прапорщика стали со всех сторон растрясать, чтобы он глотку заткнул сыну. Крик от писарш поднялся. А Глотов сжался весь, руками укрывается. И пятится, пятится. И на одного сына вытаращенными глазами глядит. А из глаз тихонько слёзы катятся. Писарши отступили из жалости от прапорщика. И в этот день каждый себе спасения сам от воя душевнобольного искал. Кто во дворе, кто наглухо закрывал двери, кто уши затыкал. А Дёму так и оставили в казарме, на табуретке. К вечеру Глотов выплакался и домой его забрал.

Но с тех пор уродец гармошку из рук не выпускал. Утром приведёт старшина сыночка в казарму. И в каптёрке запрёт. И мучает он из каптёрки бестолковой игрой — мычанием, истошным воем и гудом заунывным гармошки, покуда не бросит кто-нибудь в дверь сапог или же кулаком не загрохочет. Но и тогда — переждёт чей-то гнев и начнёт мытарить душу по новой. То есть и тихо поначалу, а потом всё громче и громче.

А матом ругаться перестал. И водки не выпьет, если для смеха поднесут. Порой глянешь, как он гармонь терзает, как голову запрокидывает в истоме и подвывает, то думаешь, пришибить бы... Зачем живёт? Зачем, если живёт, воет?! Неужто каждый день будет выть? И тягостней всего, что и пришибить его не за что... Нету на нём вины. Он ведь даже добрым кажется, потому что такой ничтожный. Когда глазёнки выпучит, заморгает меленько, задрожит, глядя на тебя, как падшее животное, так самому же и хочется сдохнуть. Потому что пришибить за тоску хочется, но знаешь, видишь — невиноватый же он.

Пробовали гармонь отымать. А он в каптёрке погром устроил. А как выпустили, то валялся в ногах. Хотели испортить — об землю били, меха протыкали. Но звук-то остался, хотя и покалеченный стал.

За гармонь старшине чаще выговаривать по службе стали. Пошли слухи. Кто-то и начальству полковому донёс. Прибыли проверяющие из полка. И раскричались, что Дёма воет в казённом помещении, что харч казённый жрёт, что на табуретке сидит казённой, что не положено душевнобольных при казарме держать.

В другое время и уладили бы выговор. Но гармошку Дёмы и свои едва терпели. И писарша Хваткова, никогда не обижавшаяся, что Дёма за грудь щиплет, вдруг исхлестала его на людях по щекам, обзывая сучонком. А повсюду наврала, что уродец ворвался в канцелярию, повалил её на пол и хотел изнасиловать. По навету писарши собрание провели, где она показала расцарапанную ляжку. У ней, как у потерпевшей, в наличии имелись и синяки. И высказались единогласно, чтобы отнял Глотов гармонь, гульбище прекратил в казарме или запирал сына дома, а то и увольнялся из внутренних войск.

Но Глотов боялся голодной и холодной смерти. Ему нельзя было оставлять войска. А без гармошки Дёма бился в падучей. Потому и начисто её изничтожить боялись. И старшина стал заключать сына в доме, когда на службу уходил. И не прошло месяца, как Дёма выбросился из окна, потому что погулять хотя бы во дворе дома хотел.

Жил Глотов в военном поселении, неподалёку от лагеря заключённых и солдатской казармы. Кругом простиралась степь, и как бы близко ни соседствовали эти здания, а всё казалось, что они друг от друга далеки и разбрелись по холодному, пронизанному ветрами простору, будто чужие или поссоренные.

Глотов просил, чтобы сына из жалости похоронили по-солдатски. И по особому заказу лагерной охраны с душевнобольного была снята мерка расконвойным плотником, а следующей ночью из лагерных мастерских был вынесен на волю сработанный, как для солдата, украшенный чёрной каймой гроб. И тут же произведён расчёт — оплатили за гроб водкой, деньги на которую были собраны солдатами сообща. А у прижимистых — силой отняты.

Прощание порешили провести в казарме, куда перенесли на плечах из посёлка гроб. А шли долго и порядком извозили сапоги грязью.

В казарме подле гроба немножко постояли. Было тихо. Гроб покоился на двух табуретках в проходе, между рядами заправленных коек. И казалось, будто на каждой койке кто-то уже умер. И потому так тихо. Перед тем, как покрыть гроб крышкой, с покойником прощались. То есть проходили подле. Но никто Дёму не поцеловал. А только Глотов. Гроб на табуретках невысоко стоял. И потому старшина целовал сына на коленках.

Когда завершилось прощание, гроб прикрыли крышкой. И снесли в машину, чтобы везти на кладбище. Сопровождали же до кладбища Глотов и замполит. И выборные из солдат, чтобы и на кладбище с гробом управились.

Когда Дёму зарывали в землю, то замполит даже расчувствовался и пальнул из личного оружия в небо, отдавая честь душевнобольному, как бойцу.

Глотов от почётных выстрелов заважничал и стал отпихивать собравшихся от могилы, будто зачумлённых. И заставил на холоде без шапок стоять. А напуганные пальбой птицы закружились над непокрытыми головами.

По возвращении было поминальное застолье. Пили чай без сахара, но с сухарями. Глотов жевал сухари. И так усердно жевал, будто из благодарности. Оглядит, как жуют сухари, а потом утирает навернувшуюся слезу. Через стол же заискивал перед замполитом. То чайку, чтобы погорячей, подольёт, то сухарь от себя переложит. И было видно, что из страха это делал. Боялся будто, что возьмут и застолье разберут и никто Дёмушку не помянет. Вот же сухарь прожуёт, чаем запьёт и скажет, перед тем, как за другой сухарь приняться: "Спасибо вам за сыночка! Спасибо, что и погибшему всё, как полагается справили — ведь и гроб, и с чаем... Небось, Димка обрадовался, если б узнал".

Он то плакал, то посмеивался про себя. То вдруг разливал под хмурым взглядом замполита водку в солдатские кружки, когда не стало чая. Но никто не осмеливался против явной воли начальства пригубить, помянуть. Тогда старшина пуще прежнего пугался. И неряшливо заливал водку обратно в бутыль. А потом подбежал к замполиту, как на смотру вытянулся и давай виноватиться: "Никак нет, я водку вылил всю... Димка тоже бы вылил, если б узнал... Ни капли в рот бы не взял, не сомневайтесь!"

На другой день Глотов не пошёл на службу — сидел дома, у распахнутого окна, глядя с памятной высоты на землю. По обыкновению конвойному, степному, замполит бил морды подгулявшим прапорщикам. Но с Глотовым иной поворот. Бить горюющего отца рука не подымется. А в казарме-то была тишина... И вправду смертная... Потому что живые молчат. И чудится, будто рядом бродит смерть. То есть и входит она через это молчание в каждого и в каждом живёт. Заговоришь — и оживаешь. И до усталости, до сухоты в горле, до того, как отнимется язык — говоришь, молчание превозмогаешь, а слова вдруг возьми да кончись. То есть нет слов, как если бы выплевал. И снова тишина, будто и тебя на свете нету...

В середине дня из оконца дома в степи стали слышаться то ли всхлипы, то ли завыванье. А как ближе подходили, так точно слышали тихий человеческий вой, перемежая который, что-то мычало. Но это Глотов сидел у распахнутого окна, склонив голову к гармошке, будто прислушивался к ней, и вытягивал, из покалеченной, звучание. То тихое, то громкое. Потом он запрокинул голову и стал подвывать гармошечному мычанию. В лагере ожили овчарки и стали попевать, выть ему в ответ. Вой громче становился. Если и замирал, то вдруг раздавался чей-то надрывный голос, и вой начинался с новой силой. Кто-то молчал, стиснув зубы. Было в душах черно да глухо... Пустошь одна. И небо такое ж опустевшее. Разве что хилое облачко проплывёт, да и то не уцелеет, а развеется дымным всполохом. А вот бы нездешнего чего-нибудь взять в руки, потрогать. Или не кашу древнюю из котелка выковыривать, а яблоко антоновское съесть, без грубой кровяной кислинки, а со свежей и изнеженной. Чтобы садом, а не падалью опахивало изо рта. И чтоб не редкий и склизкий дождь с неба азиатского падал, а валил тучными хлопьями белый снег. Может, тогда и глотнул бы во всю мочь степного одичалого духа, но не задохнулся бы, а с гневом, как от прозрения, закричал: врёшь, не схоронишь заживо, не выжрешь вечной души пустотой!

ОДИН ГРЕК

Служили в полку даже четыре еврея. Ефрейтор Элькинсон из Запорожья процветал — крутил кино в клубе. Шиндерман прозябал опущенкой в шестом взводе. Крачковский с утра до ночи трудился писарем в канцелярии, куда его заключил за опрятный красивенький почерк злой дурак-майор из штаба, любивший своих писарей, что женщин — ревнуя до побоев и даже называя не суками, а сучками. Ну, а четвертый еврей, Михаил Яковлевич Фельдман — командовал полком. Русских с хохлами хватало. Узбеков служило, ползало по плацу и угрюмым голым казармам, что тараканья. Но с командой новобранцев-грузин занесло однажды по весне живого настоящего грека, и Фельдман глуповато орал, рапортовал, радуясь, как новехонькой копейке: "В нашей дружной армейской семье служат лица всех национальностей — есть у нас, товарищи, и один грек!"

Сверх диковинного имени грек и лицом своим выделялся из солдатской толпы — с большими, навыкате, глазами, белокожий, вислогубый, лопоухий, с горбатым, будто переломанным, гундосым носищем. Он был также высокого роста и крепкого, что мерин, сложения. А это солдатню ещё пуще злило: "Грек никого за людей не держит! Думает, мы негры, а он тут белый!" Никто не признал его в полку своим, даже грузины начали сторониться и не подпускали к себе близко, как заразного. Только и звучало: "Грек, лежать! Грек, встать!" А если он не исполнял чьей-то прихоти, то мучили да били, успокаиваясь, когда не мог ни встать своими силами, ни ползти. Гордый, тот пытался как мог не сдаваться. Но был он в полку один — один грек.

Прозывался этот земной человек Одиссеем Агафоновичем Костанаки. Родитель его был парикмахером, из-за своего малого, почти увечного роста он стриг только детей и породистых собак. Дети любили маленького парикмахера, он кое-как оправдывал своё место в парикмахерской, но чаевые выходили копеечными, требовалось кормить семью. Когда ж какая-нибудь сука или кобель кусали его в раздражении за руку, хозяева могли расщедриться — и потому, быть может, отметины от собачьих покусов не сходили с его рук. Без покусов от его ремесла не было б никакого дохода.

Мальчика нарекли Одиссеем по имени, в память дедушки, который был цирюльником и умер, спился до смерти, ещё до войны. Этот Одиссей Костанаки, понтийский грек и сельский цирюльник, когда упадшим ремеслом и рябой курицей уже было не прокормить четверых малых детей, искоренил семейство своё с родной понтийской земли в Тбилиси. Всё сменял на съестное, что не умещалось в котомках. По месту Одиссей кормить должен был ещё бранчливую старуху, троюродную родню, что дозволила занавесить угол в своей комнатёнке и глядела в слепой глаз за детьми.

В большом шумном городе цирюльнику зажилось легче, хоть Одиссей, отдавая от себя детям, сам жевал пустой хлеб и трудился до забытья, надеясь, что ни месяц, осилить нужду, зажить. Жена его стирала в казармах солдатское бельё, за что выдавали красноармейским пайком. Одиссей дорожил её жалованьем и боялся любить жену, чтобы она не забеременела. Женщиной она была набожной, а дети в её податливой утробе заводились скорее, чем заплесневеет хлеб. Он сам облегчал истому, когда жена спала, а женщина всё терпела, как ей Бог велел. Они спали на холодном крысином полу. Хуже собак, которых греет хоть своя шкура.

Старуха, поделившаяся с ними комнатёнкой, долго от семейства не покормилась и слегла, только подзывая к своей запахшей кровати детей, которые тем сильней страшились приблизиться к ней, потому что старуха цеплялась за детскую ручонку, тащила к себе и будто б окостеневала. За день до смерти она сомкнула намертво уста, и, мыча истошно, пугая, воротила рот даже от питья.

Когда ж старуха безмолвно отошла, жене Одиссея, что обмывала её белое мучное тельце, послышалось, будто б что-то позвякивало в старушечьей голове, которую она поворачивала в своих руках. В испуге женщина позвала мужа — и крестилась, пряча в углу за пологом детей, когда Одиссей взялся потряхивать легонько голову умершей старухи, сжимая её в руках, будто б кувшин, и потом разжимал покойнице каменный рот, который только щерился сомкнутыми зубами, сколько он ни старался. Тогда ж, со зла, Одиссей обхватил старуху, что бревно, ударил плашмя о пол — и покатились два золотых червонца.

До ночи Одиссей валялся на её кровати, будто бы пьяный, в замызганных солдатских сапогах. Ему не терпелось дождаться нового дня. Завтра же думал он купить себе парадные штаны, рубаху, покрикивая затихшей жене и детям, что теперь-то переберётся с конского да извозчичьего ряда в заведение, где зеркала и куда извозчиков с мужиками не пускают на порог. Жена хотела остаться с детьми, лечь в занавешенном углу, но Одиссей позвал, чтобы разделась, и, придыхая от желания, глядел на рыхлые белые груди, когда голая женщина покорно склонилась, стаскивая с него сапоги.

Старуху хоронил он из боязни с уважением — справил добротный гладкий гроб, расплатился с извозчиком ломовым, с кладбищенскими мужиками за могилку поглубже и всех-то одаривал на пропой. А поминать купил он в дом колбасы, оковалок сахара, пшеничных булок. Одиссей ел булку и тихо плакал. Дети думали, что жалеет старуху, и горевали, как умели, а он гладил молчаливо их по головкам и подкладывал колбасы.

На Пасху жена ему сказала, что надо ждать родов. Одиссей избил женщину и сам слёг. Когда он на следующие дни валялся на старушечьей кровати, белый и немой, женщина обхаживала мужа и думала, что он смирился. А Одиссей ждал только, чтоб жена обманулась. Он не работал, и в доме начал переводиться хлеб. Жена терпела ещё неделю, занимая у добрых людей, а потом сказала ему: "Вставай, я одна не могу прокормить детей". И он сказал: "Что ты со мной сделала? Я больше не хочу жить и тебя бы убил". — "Тогда зачем брал меня? Я не виновата", — отвечала она.

Одиссей надеялся, что жена решится — и избавится от ребёнка. Он не разменял червонца и побрёл на конский, с мечтами о приличном заведении и богатой городской публике. Так они прожили месяц. "Гляди, как нам трудно. Подумай, зачем этот ребёнок, с ним жизни нет!" — говорил Одиссей. Но женщина боялась смертного греха и молчала. И тогда Одиссей возненавидел жену, что тянет его брюхом своим проклятым на дно. Чтобы выкинула, бил по животу. Воротясь из прачки, она жалась к детям. Каждодневные побои её измучили. Она ослабела и больше не могла работать. Одиссей же червонцев не разменивал, пропивая крохи нажитого. Дети кормились от людей. Бить её такую Одиссею стало страшно. Женщина родила живого младенца — уродца с тяжёлой сизой головой.

От "испанки" ушло от них в другое время двое детей, так что страх Одиссея перед жизнью будто б обратился в их гибель. Но уродец выжил. С годами отец свыкся с ним и, спившись от несбывшейся мечты выбиться в люди, приникал к большой голове мальчика своими трясущимися руками, молчаливо гладил, подолгу не отпуская от себя. А памяти не осталось уж и от конского ряда. Давно нанялся Одиссей на работу в тюрьму, куда уходил с раннего утра, а к ночи возвращался больной и пьяный. Молчал он так глухо, будто б немой. Молча ел. Молча пил. Молча уходил и приходил. Так вот молча и умер — уснул и не проснулся. Агафон, так звали мальчика, с малых самых лет запомнил отца, который будто вдохнуть успел в него свою душу. Уродец, он только и выжил памятью о нём. Зная, кем был отец, Агафон раз и навсегда решил тем свою судьбу. В училище таких как он не брали, но умению стричь Агафон и не учился. Руки его всё умели сами и не могли делать никакой другой работы, оживая от ножниц, от расчёски, только притрагиваясь к волосам.

Он женился на греческой девушке, которую сосватала ему далёкая родня из понтийского села. Когда девушка стала его женой, то уехала жить к нему в большой город и скоро отвыкла от работы. Жена его презирала, и хотя прожили вместе почти двадцать лет, делала вид, будто незнакома со своим маленьким, лысеющим, большеголовым мужем, когда случалось им бывать в людных местах — ходить по магазинам или отдыхать на курортах. Люди только гадали, что могло свести дородную здоровую женщину с этим уродливым человечком. Но и Агафону Костанаки жена была чужой. Все эти двадцать лет их скреплял любимый единственный сын — Одиссей.

С того дня, как забрали его на два года в армию, не стало и семьи. Жена объявила Агафону, что сын вырос, возмужал, и она желает теперь найти своё счастье. Осчастливил ее обыкновенного вида русский мужчина, тоже лысеющий и с пузиком, но румяный и здоровый, как мясник с базара. Агафон, боясь расстроить сына, уговорил жену ничего ему все два года не сообщать, хранить тайну, а за это дал обещание оставить ей всю мебель, все вещи. Но от сына не приходило письма. Агафон ждал это его первое письмо и потому жил в уже чужой для себя семье, по старому их адресу.

Письмо пришло через одинокий долгий месяц, что был для Агафона Костанаки равным целому году жизни, из Казахстана, из чужого неизвестного города Караганды. И не письмо, а рваный клочок бумаги, на котором каракулями сына было выдавлено по-русски всего несколько строк: "Я служу в конвойных войсках. Меня пошлют охранять лагерь. В городе я больше не буду. Буду за городом. Лагерей много, не знаю куда. Кормят хорошо. Папа, скажите маме, зачем у меня такое имя? До свидания. Ваш сын Одиссей".

МЁРТВЫЙ СОН

В другой жизни он был закройщиком одежды, портняжкой. Родом из подмосковного Калининграда, где и успел выучиться в швейном техникуме. Но от ловкости его только и осталось следа, что мигом, будто одним стежком, подшивал ворот гимнастёрки. Так скоро, как этот Шурик Белов, никто не умел подшиваться. Он был резвящимся да красующимся, вроде поросёнка, живчиком — полнотелый и пышущий здоровьем, с липкими, смолисто блестящими карамельками глаз. Так вот, красуясь собой и неумно хвастая, подшивался Белов в первые дни, ухаживая непривычно за новой армейской одеждой, будто за платьем. Через месяц же, не отрастив ещё обритых в первый армейский день волос, он доходил в роте охраны Каргалинского лагеря.

Его взяли в оборот поначалу сержанты — и к утру Белов обязан был сработать семь сержантских гимнастёрок, освежив их белёхонькими подворотничками и выгладив. Ждал он, что, выполняя их заказ, получит у них защиты от ротной братвы-блатвы, но те и не думали его беречь. Суточной нормой Белова стало подшивать полроты. И если он отбрыкивался от какого-нибудь узбечонка, чтобы хоть тому не услуживать, его не жалели и били, покуда не сдавался. Ему не разрешали отказничать, потому что, задавливая этого человечка, млевшего от страха, ещё пытавшегося словчить, испытывали такой подъём и сладость, какие не рождались при виде застиранного лоскута, выдираемого втихую из казённых простыней и подшитого Беловым за ночь. Тряпку эту даже ненавидели, как ненавидели отчего-то ловкость его портняжных пухлых рук.

После отбоя, когда в казарме не оставалось офицеров, Белова подымал с койки дежуривший в ночь сержант.

Провалившийся в сон, как в забытье, тот со страху, что сержант, если не добудится, станет отбивать бока сапогом, вскакивал — и уж засыпал, работая. Ничего не видя, не чувствуя, наметывал он, будто наслаивал, подшиву за подшивой, нет да вздёргиваясь от боли, когда жалила иголка.

Будто он не работал и не спал, а глухо машинообразно изнывал нутром.

Сержант отпускал его лечь на койку, только когда вся работа была готова. Но до побудки тогда уже оставались считанные часы. И точно так же, боясь сержантского сапога, Белов вскакивал и засыпал на ходу в наступившем новом дне. Засыпал на первой же утренней оправке, так что его мухой сгоняли с толчка. В столовке засыпал и голодал, не в силах разжевать хлеб. Засыпал и в строю, и на бегу, и стоя на посту, дурея от дремоты, будто напитый водкой. За то, что просыпал службу, его били да наказывали, но и тогда плавал в каком-то дремотном дыму. Тут в нём являлось настоящее бесстрашие, упрямство, какие улетучивались под конец дня, когда он успевал вытрезветь, наглотавшись минуток сна, и вскакивал после отбоя от страха, что ударят сапогом, хоть и пинали его, будто мешок, весь день. Кругом, постанывая с храпом, спала казарма, а он работал иголкой с ниткой, отгуляв своё.

Содержать себя в порядке он уже не мог, да и не хотел. Чего не заставляли его делать, так это следить за собственным внешним видом. С грязными синюшными подтёками на роже, в бесформенной засалившейся солдатской робе, вечно неумытый и опущенный, Белов испытывал облегчение, что его хоть за это не бьют. Ему было лень даже тратить силы на жратву, и он, тайком голодая, гонимый от общего котла, так и копошился сонливо в уголочке, довольствуясь остатками, хоть мог бы порыскать, изловчиться да и добыть как-нибудь исподтишка кусок посытней.

Он весь и растворился, будто в кислоте, в сонливом этом копошении. Было оно безрадостным и каждодневным, схожим с той ноющей болью, когда, исколотые иголкой, его пальцы как-то бесчувственно отвердели, а зудело уж беспробудно изнутри, под ногтями, будто вогнал занозу. Но со временем стало заметным,

5–3184

что Белов чему-то радуется и о чём-то уже тоскует, светясь изнутри, а не изнывая болью.

Стали ему сниться сны, хоть он по-человечески долго и глубоко не спал, а всё, как собака. Может, эти картинки только ему и было дано увидеть, потому как он голодал, недосыпал и мучился.

И произошло однажды такое, за что Белова должны были убить, но вдруг полюбили. Не исполнил он к утру свою работу. После отбоя спрятался, чтобы не отыскали, под чужую койку и проспал. Всем составом оказалась рота не подшитой. На плацу, на утренней поверке, озверевший ротный чуть не сжевать заставил скисшие от грязи подворотнички. Так как сделанное Беловым против всей роты равнялось для всех его смерти, то отнеслись к нему в тот день с могильным спокойствием — не прикасаясь, обходили молча стороной, но и не выпускали из виду. А когда роту отбили, и смерклось, то братья из братьёв, чей и процветал в казарме и над остальной солдатнёй правёж, без шума подняли Белова с койки, приговорённого, и увели в стоящее на отшибе глухое строение баньки, где должно было что-то сотвориться.

В казарме же никто не спал, дожидаясь конца. Могли Белова битьём изуродовать. Могли обабить, пустив по кругу, как папироску. Могли подвесить, будто сам он удавился. Но под утро обнаружилось, что все пятеро и Белов сладко, крепко спят, лёжа по-братски вповалку.

А было, что сознался Белов на последнем издыхании браткам, когда уж обступили, какой он сон увидел, проспав под чужой койкой. Заслушались его, ослабели, а потом, разлёгшись, покуривая, неотрывно полночи слушали, обо всём позабыв. И началась новая жизнь у Белова.

Пощадили его, понятно, ради того, что он рассказывал: ради тех картинок, которые неожиданно, но и могуче захватывали своим простором, красками. Это были какие-то яркие пятна из былой мирной жизни, вперемежку с цветастым враньём — вот приснился Белову зоопарк и то, как убегал он от вырвавшегося на свободу тигра, хоть и видал его в зоопарке всего-то один раз, в детстве. В следующие ночи он рассказывал в притихшей казарме уже о том, как ходил в цирк. Белов сообразил, что раз им понравилось слушать про зверей, то и надо рассказывать дальше — всё, что видел, знал, помнил или мог выдумать.

Ему ещё чудилось, что они уведут его в баньку, стоит только замолчать. Он ещё того не понимал, что они готовы слушать хоть о говне, только бы оно чем-то удивляло, смешило, а не удушало одной вонью. И он боялся ещё их к себе доброты, когда они вдруг в один день побоялись его пинать, нагружать по-хозяйски работёнкой. Вместо того усадили напротив котла и щедро угощали из него кусками мяса, которого сами давно обожрались. Бить его не давали, пригрозив каждому, чтобы Белова не смели бить. И молчали равнодушно сержанты, не замечая вдруг этого дразнящего, забитого опущенки, которого хотелось давить и давить, чтобы грязца-то хлюпала. И потому жрал он через силу, будто его заставляли. И мучился, ожидая с большим напряжением, когда и откуда ударят. И заставлял себя не замечать сержантов, но от страха, чтобы не углядяли они какую-нибудь борзость в его взгляде. И спать себя заставлял, падая камнем в пропасть глухих бездвижных часов, в свободу и пустоту которых выродились те его упрямые, бесстрашные минутки.

На место Белова, прислуживать и готовить блатве новёхонькие воротнички с портянками, заставили шагнуть других — без долгих уговоров и тем обжигающе-хлестче, что наваливались на целых и невредимых, которые, если и не были ровней, то оставались солдатами, а не шустрили. Начиная понимать, что угождает он уже по-новому, получив и какую-то над этими людьми воздушную власть, Белов молчком посмеялся над детской своей картинкой со зверями, оглядев её сверху донизу, будто голую. Он её так же молчком возненавидел, рассказывая в который раз и приступами осмеливаясь наврать, приврать, точно в издёвку над тем, что и вправду помнил, видел. Испытывая когда-то одинокие страх и боль, он теперь от страха и до боли ненавидел этих людей, усыплённых им в баньке. Он даже понял, что есть средство куда для них действенней, чем зоопарки и цирки, пробуя рассказывать о похождениях с девками — всё что помнил из общежитской жизни швейного техникума, где пробавлялся студентиком.

Воображая наново вслух эти картинки и воскрес Шура Белов, то есть оживился. Ему заказывали уж просто описывать голых этих девок, какие они бывают разные — что у одних груди козьими рожками, а что у других соски волосатые и животы. Тут он, нагнетая, бесстыже и со злостью врал — тех задавливая до удушья, кто наяривал под одеялом. Сеансами этими Белов раздавливал людей, хоть сами просили их устраивать, и он только полёживал в койке, невидимый в темноте, будто воздушный. И занимал он к тому времени коечку не простую, а почётную — в тёплом закуте, на нижнем этаже, в кубрике неприкасаемых никакой сержантской падалью. И жрал за троих, отъевшись в борова. И заваливался на койку дрыхнуть даже средь бела дня. И подворотничок свой, не побрезговав, а того в конце-концов и желая достичь, заставлял подшивать робкого неумелого паренька. Или веселился, заставляя подшить, спороть и тут же опять пришить, каждодневно испытывая такое желание и каждодневно его удовлетворяя.

Неизвестно, что снилось ему, если и мог он видеть сны. Но утверждал, что видит их, всё злей и упрямей. Дрых он от безделья и лени, не желая уже дойти по нужде до уборной, — и где-то поближе гадил, и такой свободой даже гордился. Очнувшись, изнемогнув дрыхнуть, посылал салажонка за пайкой, которую и съедал, лёжа в койке. Поднять его мог только офицер. Их Белов по привычке побаивался, как когда-то сержантов. Кто ему хотел угодить, тот спешил выспросить, что Белову в этот раз приснилось. Белов, который не мог уже думать ни о чём другом, как только о самом себе, не чувствуя издёвки в угодливости, принимался громоздить очередной сон, будто из брёвен. Снилось ему, что он летал и падал. Снился цирк. Снилась жратва, которая бывает в ресторанах. Для тех из братвы, с которыми хотел ладить, он устраивал по старинке сеансы, тогда-то и оживляясь, разжигаясь сам похотью.

Шура Белов отслужил в охране Каргалинского лагеря все два года и списывался, никому ненужный, покидая безвозвратно это степное диковатое местечко, которое и ему ничем не оставалось дорого. Что с ним будет в другой жизни, спохватываясь, он не знал, будто и возвращался в никуда. Кроить и шить пробовал он, готовя парадный мундир к отъезду, но обнаружил со злостью, что руки дрожат, совсем как у алкаша, и отказываются слушаться, так что даже нитка с трудом вдевалась в иголку.

У меня с ним был общий плацкартный билет от Караганды до Москвы. Мы с ним были земляками, других московского розлива и не было в роте. Пластаясь вторые сутки на верхней полке плацкарты, где-то посреди русской той равнины изнемогнув и изнежившись душой, и поведал он боязливо, что вот уж месяц, как снится ему один и тот же сон.

Ещё когда Белов доходил и его заставали спящим на вышке, что было проступком серьёзней некуда, ротный капитан Оразгалиев и со злости, и чтобы взбодрить, наказывал его так, что посылал драить парашу. Параша в помещении караула была чугунная, и скоблил её Белов кирпичом, будто наждаком, имея приказ начистить до блеска. Так вот снилось ему, что парашу и скоблит. И к нему заглядывает нездешний, добрый какой-то Оразгалиев, и говорит, что всё уж блестит, уговаривая кончать работу... "И чего, всё же хорошо кончилось", — тогда и не выдержал я, обрывая заунывный рассказ Белова. Тот затих и лежал какую-то минутку безмолвно, недвижно, будто спрятавшись у себя на верхотуре, но досказал встык усыпляющему колёсному перестуку: "А я всё скребу и скребу... Скребу и скребу..."

ЗЕМЛЯНАЯ ДУША

Газеты в степную роту завозили, как картошку, — на месяц, чтобы не тратиться зря на горючее и не баловать. Завозили прошлогодние, из расстроенной полковой читальни, и, может, потому ознакомление с ними оставляло в душах солдат мутноватый осадок, как если бы опрокинули по чарке свекольной сивухи и сказали: едрит твою мать.

О том, что происходило в прошлом, ребятушки долго не знали. И бывало, что постаревшие газеты выдавливали слезу, если печаталось о чём-то большом и важном, свершившемся само собой, без солдатского ведома, а где чёткая политическая оценка событиям отсутствовала, случался мордобой. Ничего не ждал от жизни один политрук Хабаров. Он при ознакомлении если и подсаживался в круг, то украдкой вливал свою личную застарелую тоску в общественную, как считалось, по международному положению, которое год за годом ухудшалось у всех на глазах. Политрук даже не заглядывал в газеты. Эти запоздалые новости ему месяцем-двумя раньше сообщали по телефону дружки из полка.

Сообщали, можно сказать, из былого уважения, но Хабаров и тогда в далёкую брехливую их речь не вслушивался, тосковал. Все заслужившемуся политруку было известно заранее, будто провидцу. "Как жили, так и будем жить", — говорил он устало по приезде полковой машины и сетовал лишь на то, что поскупились картошки послать. "Ну, этого запаса нам чтоб не сдохнуть хватит, а на что будем до весны жить?"

По прошествии времени солдаты убеждались в правоте его слов: в роте всё оставалось как есть, даже простыней не меняли, а скоро пропадали и запас картошки. Дело с продовольствием обстояло на степном дальнике так, то есть вот как... Летом жрали увешанную под обрез пайку, чтобы скопить хоть чего-то на зиму, а также осенью откладывали про запас. Нагрянет же январь, тех запасов хватит только воробья прокормить, так что и неизвестно, ради чего приходилось голодать. За что такая тошная строгая жизнь происходит, будто совестью отмеренная, никто не знал. События, преображавшие всё в мире, до степных мест не дохаживали, плутались. Потому сама дорога от затерянного поселенья до Караганды, полковой столицы, казалась служивым длиннее жизни. И хотя каждый месяц наезжал по ней в посёлок грузовик из полка, солдаты обступали живого, разомлевшего от тряски водилу, будто пришельца.

Хабаров на него не глядел. Разговор у них всегда выходил коротким. Не много дел было в этой лагерной глуши у видителя — как разгрузится, так и видали его, залётного! А картошку всё же гнилую привозил. Бывало, что политрук приказывал отогнать грузовик поглубже в степь, где гнильё вываливали из мешков — на пайку недельную наскребут, а остальное бросают. "Так всех снабжают... — вздыхал Хабаров. — Огородец бы свой завести, тогда существенно полегчает". И с каждым подвозом политрук припасал здоровые клубни. И скопил их премного для посадки. Он растить не умел картошку и робел перед землёй, но вот отдал сам себе приказ: "Я — политрук, а это самая боеспособная единица. Я умею стрелять, колоть и не должен сдаваться без боя, потому что мне мало осталось на земле жить, я уже пятьдесят лет потратил".

Мухи, змеи, птицы и другие звери, пропавшие кто осенью, кто зимой, в посёлке тогда ещё не появлялись. И было ранней весной грустно жить, так как из живых на поверку только люди да вши оставались. На солдатах и зеках вши ходили друг к дружке в гости, братались, а те горемыки, страдая от чесотки с зудом, нещадно давили на себе празднующих гадов и материли сообща судьбу. На одном таком рассвете Хабаров поднял в казарме боевую тревогу, по пьяному своему вдохновению. Приказал вооружаться сапёрными лопатами и бежать на слякотный клочок земли, который был охвачен бескрайней степью, будто смятеньем.

Задыхаясь, солдаты шептали: "Куда нас гонят?" А политрук принялся размахивать руками, будто на поле боя распоряжался. С растерянной оглядкой солдатня нападала на распростёртую землю, потом окапывалась, как это приказывал Хабаров. "Что роем?" — шептались в холодной грязи. Пьяный политрук бегал вдоль копошащихся цепей, потрясая над головами пистолетом, если рытьё самовольно прекращалось, и подбадривал: "Налегай на лопаты, сынки, скорей перекур будет!" Перекопанной земли становилось всё больше. Он обмерял её долговязыми шагами, точно ходулями, а когда выбился из сил, приказал всем выстроиться на краю свежевырытого поля. Перед замершим строем выволокли мешки, скопленной в глубокой тайне, картошки. Хабаров приказал проходить гуськом, чтобы каждый, поравнявшись с мешками, протягивал перевёрнутую, вроде котелка, армейскую каску. В каску политрук накладывал картофельных клубней, приказывая зарывать их в землю. "Перепился, сука... Братва, гляди, наши кровные пайки зарывает". Хабаров душил эти злые шепотки своим раскалённым от отчаянья криком: "Молчать! Мы не пайки — мы будущее наше в землю посадили. Через полгода пюре вёдрами будем жрать — из одной картошины килограмм, а то и больше получится. Она вырастет сама в этом поле, на неё даже не надо затрат труда".

И выросла... Хабаров с зацветшей картошки ходил рвать цветы. Он расставлял их в кружках по всей казарме, будто долгожданные весточки из земли, а их брали втихую на зубок — и плевались, обсуждая между собой: "А запах есть?" — "Нету, как вода. Пожуёшь — кислятина".

С исходом солнечных праздников и летнего цветения землю не оставляли дожди. Она обуглилась и потяжелела, будто залитый пожар. Птицы в такую погоду боялись летать и расхаживали по сырой земле с опущенными головами. Хабаров безнадёжно запутался. Он накарябал карту картофельного поля, таскал за собой в планшетке и раздумывал, как добыть урожай. Может, мысли являлись ничтожные, от бессилья политрук и самодельную эту карту в клочья разорвал. Случилось это в ротной канцелярии ночной порой.

Электричество светило скупо, точно его разбавляли водой. Темно было. Прохаживались по полу без страха перед Хабаровым мыши и рылись в казённых сводках, взбираясь на заваленный инструкциями да приказами стол. Политрук в Бога никогда не верил, но тогда встал на колени посреди канцелярии. Позвал его громко. И не молился, не бил поклонов, а выпрямившись, как честный служака на смотру, доложил для начала про службу, а там и про всю страну, которая испытывает нужду в картошке. И попросил, помолчав и переведя дыхание: "Товарищ Бог, если вы на самом деле есть, тогда помогите, если так возможно, собрать моей роте побольше картошки. А я за это в вас верить стану". Встав с колен, он подошёл к столу. Прогнал мышей и налил себе водки в два стакана, чтоб было не так одиноко. Опрокинул свой. И, не притронувшись к другому, занюхал духом писарским, попавшейся под руку отчётностью. А приметив в оконце колыхание зари, пошагал в казарму будить солдат.

Он будил ребят поодиночке, уговаривая подняться: "Вставай, сынок, уж помоги в последний раз, а то больше никого у меня нет". Служивые через силу подымались с коек, а старшины незаметно для Хабарова распоряжались разбуженными людьми: "Чтобы батю никто не тревожил, пускай себе чудит!" Подступив к полю, рота обжидалась, чтобы рассеялся туман. Политрук оглядывал с тайной мукой картофельные гряды и такие же землистые угрюмые рожи солдат. "А ну, сынки, навались..." — взмахнул он рукой, посылая их в чужую предрассветную тишину, в которой они расходились по сумеречным рубежам поля.

Глубокий вдох лопат оживил недвижную грудь земли. Скрежет железный и звон окунуло в выстуженную тишину, и она расплескалась под их тяжестью, обдавая сердца людей жалостливой прохладой. Стоило ковырнуть гряды, как картошка так и попёрла из них напролом. У солдат не хватало рук отрывать её и засыпать в мешки. Становилось ново и страшно. Перепуганный политрук бродил по взрытому полю, ото всех в стороне. Солдаты уже волокли к казарме одутловатые мешки с картошкой, будто своих убитых.

Потом мыли почерневшие руки под шум воды, с расторопным усердием, как от крови. Пахнущую ещё землёй, картошку приказали жарить, а по нехватке сковород варить в котлах, заправляя воду растопленным жиром. И потом она дымилась на дощатых столах, и её проглатывали мглистыми гудящими ртами.

Начиная с того дня, политрук ждал прибытия полкового грузовика. "Все сроки прошли, почему он не едет?" — говорил он, с беспокойством вглядываясь в степи, и посылал солдата позорче на дорогу, чтоб сторожил. Тот возвращался под вечер и рассуждал, заявляясь к политруку в канцелярию на отчёт: "Ничего не видать, про нас в полку забыли, хрен ли им помнить о нас, они там зажрались". — "Может, что-то стряслось, а мы не знаем", — продолжал надеяться Хабаров да так испереживался, что позвонил против всякой субординации в полк: "Вы за что живыми хороните? Где грузовики?" Ему было сказали, отмахнувшись: "Твои бы заботы, Хабаров. Глядишь, не помрёте, если на денёк-другой отложим подвоз". Он же вскричал: "А вы хоть знаете, как мы живём? А как жили, в полной темноте, знаете?"

В полку издалека плюнули в трубку и прекратили тратить на зарвавшегося служаку казённую связь. С грузовиком даже не поторопились, он прибыл в роту, точно его сплавляли по воде. "Чего припозднился-то, сынок?" — справился тихо Хабаров у вылезшего наружу водителя. "Приказа не было, вот чего", — ответил запросто паренёк. "Всё в целости довёз?" — "Как по накладной". Водила ждал, что бросятся выгружать, а гнильём-то ударяло ещё из кузова. "Ну, тогда слушай меня, сынок... Поворачивай в полк. Возьмёшь нашей мешок, для примера. Скажешь, Хабарову отбросов не нужно. Пускай узнают в полку!" — "Чего случилось, товарищ начальник? — удивился водила. — Мне назад нельзя, чего я доложу?" — "Хватит, поворачивай... — отрубил Хабаров. — Такое моё последнее слово, что я роту в свинарню превратить не дам".

Мешок ротной картошки затолкали в кузов. У водилы разрешенья не спрашивали, а всё делали, как политрук приказал. И обойдённый паренёк не удержался, чтоб сказать: "У меня на этот груз накладной нету, вот и вывалю всё на дорогу". Эти слова его крепко запомнились служивым. И перед отбытием грузовика бедового парня этого отвели за казарму, где бросили в круг и до того забили, что и слёзы его смешались с кровью. Узнав об этом, политрук у всех на глазах заплакал: "Что же вы, сынки, делаете, зачем, у человека же ничего, кроме жизни, нет..."

Вечером из полка через возмущённые степи звонили. Срочно растолковывали Хабарову осложнившееся международное положение и убеждали, что не ко времени затеял крутой правёж. А он глядел в степи, будто сквозь холодные дали заприметил звонивших, и говорил, что устал. Что завёл огородец. Что будет жить сам по себе. Что хочет мира и покоя на всей земле.

И бывало потом не однажды — Хабаров поднимал служивых людей в ружьё, мучимый причудливой жаждой, хоть под палящим солнцем, снегом или проливным дождём. А иногда, какой-нибудь глухой ночью, почувствовав себя до боли чужим в борющемся вечно и то погибающем, то возрождающемся мире, он приходил к полю, рыдающий и пьяный. Залазил железными своими пятернями в уматерённую ротой землю и рылся в ней, будто в лично одинокой душе... Возить же картошку из полка с той поры перестали. И ради одних пожелтевших газет грузовик в глухое поселенье не заворачивал, чтобы вовсе не расходовать горючее.

ЧАСИКИ

А было так: всучили мне повестку, военкоматовскую. Самая охота пожить, а ты шагай на службу. Но зацепок, чтоб отсрочиться, не было, да и как-то сразу случилось — вот повестка, на завтрашний день — полный расчёт, а чтобы передохнуть, не дали даже недели.

Я по расчёту сто пятьдесят рублей получил — и не то, что тратить, глядеть на них было скучно. Разбитные люди советовали пропить, а меня и от спиртного тошнит. Или смеялись: тебе бы, мол, девку напоследок махануть, и адреса готовые называли. Но разыскивать и опять же поить, чтобы лапать себя позволяли, тоже тошно было. Нет, как пригвождённый, срока своего ждал. Про деньги решил, что отдам матери. И ещё одолжил из них сотню Петру Кривоносову.

Он от мачехи натерпелся, а когда она ко всему и разродилась, то подался по тесноте из дому. Родной отец напоследок позаботился и пристроил мебелью торговать, учеником продавца. Бывает, что кутят так же в мясные отделы подбрасывают, если хотят избавиться. Пётр, тот стал крутиться. Но злости ему не хватало, и потому в своих сделках он чаще оставался в дураках — на слово поверит, или пожалеет человека, не оберёт внаглую. Я денег Петру не давал, взашей его выпроваживал. Ему бы обидеться, а он так и шастал ко мне что ни месяц, попрошайничал. Я не люблю людей, которые унижаются. Зарёкся, что сам чужого не попрошу, а поэтому и не совестно было переступать, если кто под ногами ползал. Но когда Пётр заявился, впустил его в дом, чайку покрепче налил. Сказать всю правду — из скуки и впустил. И денег потому ему дал, что, вроде, и они скучными были. Только уговор был, что к проводам вернёт. Я так и сказал, что деньги хочу оставить матери. Он же за каждую бумажку принялся честное слово давать, и тогда я сотни этой пожалел: скучнее сделалось, что отдал, сглупил, а отобрать уж поздно.

Все дни на душе было, как нагадили. Я даже разыскивал Петра, чтобы деньги обратно потребовать, будто срочно понадобились. А его, если видали, то пьяного. Я уже решил, что и проводы мои сторонкой обойдёт, не покажется. И как обрадовался, когда Пётр пришёл! За себя стыдно стало. Усадил его за стол и весь вечер нянькался, точно с родным, а когда спросил украдкой про должок, то Пётр и забормотал, уже пьяненький, чтобы простил я его, мол, по дороге потерял.

Обворовал, да ещё моими водкой с хлебом ужрался, халява...

На проводы родня собралась, друзья, и скандалить перед ними не хотелось. Пётр упился, его снесли в пустую комнату отсыпаться. Я и сам его видеть не мог, но того не хотел, чтобы по-его всё закончилось. Растолкал посреди ночи и в ухо шепчу: ты как посмел, ты же знал, что матери хочу оставить! А он мычит, руками закрывается, а когда я хлестнул по щеке, то раскрыл глаза и глупо заулыбался. Я уж бросить его хотел и вдруг часики увидал на руке. Самые простые, с гагаринским ещё ремешком, поношенные.

Я созвал людей и при всех отцепил у него часики с руки, чтобы потом не говорили, будто Петра обворовали на моих проводах. Говорю, они двадцати пяти рублей не стоят, а он мне сотню задолжал. Возьму хоть эту дребедень. Я на службе пропасть могу, а потому не хочу, чтобы кому-то даром мои деньги достались. И люди одобрили, сказав, что моя правда. Пётр же и до утра не протрезвился, провожали без него.

Хотел отдать часики матери, чтобы сохранила. А она и в руки не взяла, стыдила: плохо, сынок, пьяного обобрал. Мне ещё скучней стало, а на мать разозлился. И когда упрашивала вернуть их Петру, то из упрямства нацепил на свою руку и в грузовик военный побыстрей забрался. Так и распрощались.

На распредпункте я достался усатому майору, как и всё пацаньё. Вербовщика спрашивали наперебой, куда служить отправят. А тот важности на себя напустил — и отмалчивается. Тогда умник высказался из пацанья: гляди, говорит, какой майор загорелый! Нас тогда ещё во внутреннем дворе содержали, так этот паренёк и сиганул через забор, за ним многие потикать успели. Это дурак не поймёт, что проще по домам тройку дней отсидеться, а потом явиться с повинной: товарищ военный комиссар, я был пьян. Ну, сошлют в стройбат, так лучше киркой махать, чем жизни лишиться. Майор-то спохватился, уговаривал, что дальше Ташкента не повезёт, а кто словам поверит? Оставшихся заперли под ключ, на третьем этаже здания. Кто скулит, кто двери выламывает, один из окна спрыгнул и ногу сломал, веселье! А я валяюсь на нарах чурбаком. И хотя понимаю, что лучше бы бежать, но желания хлёсткого нету. Дали бы выспаться.

И прилетели в Ташкент, но какая там война? Говорят, в прошлом году случалось конвоировать штрафников из сороковой армии. А нынче вся служба — охранять зеков по местным лагерям. Ох, думаю, повезло, призвали под самое перемирие. Глядишь, выживу.

В полк прибыли глубокой ночью, я только сонную рожу дежурного офицера и запомнил. Впотьмах загнали в полковой клуб, в гнилой дощатый барак, и приказали на полах располагаться.

Я уж задремал, как почувствовал, что по карманам моим и мешку, который под голову положил, чьи-то руки пробираются. Схватил, а меня кулаком по мордасам. Тут свет запалили. По клубу между спящими человек двадцать, будто тараканьё расползлись. Мешки вытряхивают, роются в барахле. При нас сержанта оставили, он тогда у дверей барака, покуривая, стоял. Заступаться не бросился, а усмехался в сторонке — лучше отдайте, мол, всё, чего захотят, это чеченцы. Я этих чеченцев отродясь не видывал. Трое навалились на меня, с ними-то и подрался, когда мешок чуть было не выпотрошили. Они, вроде, цветастую рубаху хотели с меня содрать, но когда часики увидали, стали руку выкручивать. И мне ещё повезло, что ремешок жалели порвать, и потому долго возились, отцепляли его, а я трудней им делал и норовил вырваться.

Спугнул чеченов дежурный офицер, они разбежались. А я спрятал часики понадёжней.

Утром нас сопровождали по полку человек десять прапорщиков. В столовке они отгораживали наш стол от солдатни — сотня, а то и больше, жрали, давясь сырым хлебом. Ко мне исхитрились подослать узбека, шестёрку. Он разносил чайники, а с одним подскочил к нашему столу, прапорщики его пропускали. Пригнулся — и вдруг шепнул мне, чтобы отдал часики.

Его опять подослали, когда нас разбродом погнали на плац. А только я послал его. Потом выдали полотенце, повели в баню. В парной-то меня словили. И были это не чеченцы, а из хозвзводовской шайки, которые таскали в баню для новобранцев амуницию. Говорят, где часы, куда подевал? А я говорю, нету, уж отобрали. Поставили меня под кран, хотели горяченькой окатить, а вода кончилась, из котельной подавать перестали.

И темнил я с того дня в полку, что часики у меня отобрали; что точно не помню, кто и когда это сделал. Полковые не поверили и грозились повесить, если не сознаюсь. Чечены ножиками пугали. Мне бы сдаться, поберечься, а не могу. Разве я не равный со всеми, и почему отдавать должен, что своим горбом нажил?

И ещё присяги не принимал, как назначили в кухонный наряд. Котлы к обеду таскал, а наливал мне поварёнок, из русских. Я поверил, что повстречался человек. Иван, Ванька — морда весёлая, щекастая, одному здоровья не расхлебать. Ему и открылся, что поперёк горла полковые повадки. Если убивать станут, сам крови напущу. Я, говорю, человек, и гадом под ними ползать не буду. А Ваня мне нашёптывать принялся, будто юшку не испечёшь и не похаваешь. Что умом надо брать, пролезть так, чтоб всех позади оставить. И жрать надо котлеты, а не варёный жир. И спать на чистом, чтоб тебе же ещё постилали. Двигай, говорит, в сержанты или в учебку напросись. Обучишься на телефониста, они тебя на руках станут носить, чтобы только дозволил позвонить или нацедил спирту из техзапаса. И пообещал подкармливать меня — гуляш, борщец, халва. А потом ни с того ни с сего про часики спросил, чтобы ему отдал. Я бы и отдал, если бы на взятку не походило. Думаю, на что мне такая родня, которая подличает. Нет, говорю, Ваня, их отобрали. А он притих — и до ужина отмалчивался, точно я прозрачным сделался. Видать, про себя-то злился. И вот понукать стал — сделай то, отнеси туда. Или крикнул, как собаке. Я ему говорю, ты сам собака! А он злится, но боится с кулаками кинуться, я же крепче, сильнее. Только нажаловался старшему повару, и тот меня по щекам отхлестал за борзость. Стали ужин накрывать: он наливает из бака, а я с котлом дожидаюсь, друг на друга волками глядим, и вдруг Ванятка опрокинул на меня ковш с лапшой, только что вскипевшей, будто не удержал в руках.

От жару я памяти лишился, и когда разлёживался на полу, зашедший в поварскую начальник столовой пнул сапогом: вставай-ка. А как я встану, если ноги ещё дымятся? Закричал начальник со страху благим матом, стащил с меня портки, обварился, кричит — козлище тебя растяпай! А я шепчу, что это Ванька меня, падаль, обварил.

И вот лежу в госпитале, и является ко мне дознаватель, крысак. Я подумал, что Ваньку засуживают. Этот спрашивает, как здоровье. Я отвечаю, что хорошо, заживляется. Крысак говорит, тогда рассказывай, как дело было. А зачем мне правду докладывать, прокуроров кормить, если ославят потом стукачом и в параше искупают? Говорю, а какое тут дело, крутился у Ивана под рукой и сам же ковш опрокинул — вот лапша на ноги и выплеснулась. Крысак отчего-то заёрзал на стуле и похихикивать стал — значит, сам, говоришь. Интересненько получается. Дал в показаниях расписаться, запрятал листок. Говорит, а вот с этим что будем делать — и гладкую такую бумагу протягивает. Читаю, и помутнение в голове происходит: Ванька доносит, что, обещая в награду часики, я подговаривал обварить себя лапшой. Что от службы хотел уклониться, мечтал о белом билете. И когда он в обмане участвовать отказался, то я прыгнул под ковш, а свалил вину на него, на Ваню. Я закричал дознавателю, что наврал поварёнок, что я выгородить его в своих показаниях хотел, но теперь-то расскажу всю правду. А крысак хихикает и ещё кулак показал — ты у меня вот где, сколько ни вертись, а будешь под трибуналом, как за самострел.

Ишь, ноги обварил — в сапогах надоело, босиком хочется?! Говорит, сознавайся-ка, в дисбате короче сидеть, а за враньё упеку в лагерь. И очень рассердился, когда я от старых показаний наотрез отказался и заявил на Ваньку. Человек он казённый, и как ни упрямился, обязан был занести в дело.

И так шастал в госпиталь что ни день. С врачами шушукался, есть ли такое средство, чтобы я правду рассказал. И разок вкололи мне дурь, чтобы от него отвязаться, но, видать, и в бреду я про Ваньку выкрикивал, что это он виноват.

А госпиталь тогда от вояк задыхался, их грузовиками свозили. Мало, что злые, столько жизней в глину бухнулось, но и израненные — какая им теперь радость, пускай и развезут по домам? Я ходить не мог и лежал в самом тяжёлом отделении, где безногие, безрукие и каких только нет. Крысак распустил слух, будто дымом меня из норы выкуривает, что я дезертир, — и госпиталь загудел. Ко мне и на костылях подскакивали, чтобы костылём по голове ударить. И ослепших ко мне подводили, чтоб в мои глаза плевать. И землю с госпитального двора в койку сыпали, чтобы я заживо сгнил. Жрать не позволяли, и что мне, как лежачему, полагалось по госпитальной пайке, в отходы вываливали. Пожую, если только санитарка хлеба или яблок подложит. Да и то по ночам жевал. А молодые девки мне и посудины не подносили — всё под себя, если не стерплю. Старушек ждал. Они мне только и помогали. Но бывало, не дождусь, и вояки меня перетащат в отхожее место — там и лежу. Говорят, сам говно, пускай с говном и лежит.

Я скоро и ненавидеть их перестал. Но того простить не мог, что правде моей не верят. И даже старухи мне верить отказывались, когда рассказывал про лапшу. По-ихнему выходило, что Ванька доносил правду. Говорили, что нет выгоды у поварёнка, а у меня была.

И в тот день, когда я на костыли взобрался, то хотя бы выбор получил. Лежачий, я мог только оговорить себя или терпеть. А теперь, думаю, не хочу себя оговаривать, нет силы терпеть —

повешусь. Так и решил. Ждал ночи, как облегчения. Когда госпиталь затих, приковылял я в отхожее место, подымил окурками, поплакал и поясок на трубе запетлил. И тут Ваня мне привиделся... Стало быть, я над парашей кончусь, а он ещё жить останется, есть и пить — то, что мне бы полагалось?! И понимаю, что нет, родимый ты мой, погоди, — вот она для чего мне нужна, эта жизнь треклятая. Всё буду терпеть до поры, пока Ванятку своим судом не раздавлю. Жить с его жизнью рядом не согласен. И погибать без его смерти не хочу.

Я наказанья не боялся — столько повидал, будто без суда и следствия тыщу раз к смерти приговаривали. И ещё разок не страшно, только бы за мучения свои сполна расплатиться.

В госпитале-то ждали, что повешусь. Говорили, вешайся, а то сами порешим. И было, что задавливали подушкой; дождутся, когда дрыгаться перестану, дадут передохнуть. Пугали, игрались... Сами не хотели мараться. Хотя, если бы не увёртывался, как мог, то одного слепого удара хватило бы, чтоб покалечить или жизни лишить. А сколько их было, ведь прикладывались по мою душу каждый божий день.

Удивляются — живучий, гадина, всё терпит, разве что под дурака не косит. И опять бьют, но боль-то копится во мне, я даже мечтать стал. Вижу сытую Ванину рожу — и будто плюю в неё, топчу, режу, рву, жгу, расстреливаю, а когда бурая каша замесится, вроде грязи, то тогда снова всё начинается, и так по кругу, изо дня в день.

Ноги окрепли, но от врачей не слышал про выписку. И как-то является ко мне крысак. Говорит, собирайся, воронок дожидается — отбываешь в следственную тюрьму. Думал меня сразить. А только я молча засобирался. Тюрьма так тюрьма, выживу, но Ванятку и по затоптанным следам достану.

Дознаватель разволновался. Покрикивает, как же ты, мол, не поймёшь, что решается твоя судьба. Я ещё удивился, откуда в нём заботливость взялась. Может, этот крысак не такой уж бездушный человек, и у него под мундиром сердчишко имеется. Я даже раскис, подумалось, что и с Ваняткой хорошо бы хоть на год раньше повстречаться. Но потом опамятовался, нет, пусть нераскаянного судят, пусть отсижу за свою правду. А когда ему сказал, что мне всё равно — казарма, госпиталь или тюрьма, — крысак куда-то запропал. Просидел в палате до самого обеда, его дожидаясь, а мне врачи говорят, какой, к лешему, воронок, выписали тебя!

В полдень за мной приехали из полка. Говорят, дело давно закрыли. Про дознавателя спросил, сказали, что был из ротного разжалован за пьянку, потом пристроился в особом отделе — вот и выслуживается, чтобы капитанские погоны вернули. Без моего признания дело у него растеклось. Да во всём полку оно одному крысаку и было важным, по своей и Ваниной подлости делал. Но по-белому меня не списали. Оставили и такого ковылять, объявили, что пошлют вышкарём в Зарафшан, на зону, и дали на долечиванье неделю.

В полковом лазарете выспрашивал про поварёнка из русских. Боялся, что его услали. За пожёвкой из лазарета ходили в столовую старшины, а то солдатня воровала по дороге из бачков. И я одного старшину упросил, что в столовке у меня человек роднее брата, повидаться бы с ним. А он из литовцев был, сам земляков в полку караулил, и отдал мне свой наряд. Я стащил ложку, обломал и заточил черенок об камень. Спрятал заточку за пазухой и утром пошагал на заветную встречу с Ваней. И было пострашнее, чем в мечтах.

Порог переступаю, задыхаюсь... И вижу то ли во сне, то ли наяву: в столовке пусто и светло, на столах скамейки задраны козлами, а один расставлен, и за ним чурки чифирят. А мой Ваня — он это, падаль! — у них под ногами ползает с тряпкой и тазиком. Они его матерят и объедками из мисок швыряются. Подобрал, опять накидали. Ухо у него растопыренное, чёрное от битья. И сам в изношенном исподнем белье, хотя такой же раскормленный, каким был.

Я хотел глазами с ним встретиться. Он обернулся и, вижу, не узнаёт меня. Но сообразил, что ему передышка вышла, схватил свой тазик погнутый и в поварскую попятился. А на меня чурки загалдели — чего надо в такую рань. Отвечаю, что из лазарета, за пайками.

От стола нехотя поднялся узбек и поманил за собой. У плиты он навалил в лазаретный бачок каши и отлучился, буркнув, чтобы я хлеба подождал. Я прислушивался к голосам, не отзовётся ли где Ванечка. Выглянул из поварской, увидал его

6—3184

тазик в тупике. Прошагав пустой коридор, затаился и в наступившей тишине расслышал, что кто-то крысит за дверью. Рывком её распахиваю, а это черная подсобка, где сушится недоеденный солдатнёй хлеб, его пересыпают солью и добавляют к сухим пайкам. Ваня мой согнулся над сухарями: горстку из плесневелых выудил, глотает их, давится, даже не разгрызает, чтобы скорей из подсобки бежать. А когда спугнули, сбросил сухари и сжался, точно должны пришибить.

"Кто ты такой,-спрашиваю."Отвечает, что Иван."Признаёшь меня,-спрашиваю."Он пригляделся и, надо же, покойнее задышал. Вижу по глазищам, что вспомнил, но не понимает, зачем это я в подсобке его разыскал. И проговорил: "Что, рожу станешь бить?" Я гляжу на него и не знаю, что поделать, дурак он стал или притворяется дураком. "Это брехня, — отвечаю, — а я кончать с тобой буду". Ваня поскучнел. Вижу, что на сухари тоскливо скосился, их жалеет. Я закричал в отчаянии: "Беги, чего ждёшь?!" Он вздохнул, отлепив глаза от сухарей, и уставился в стену. Ждёт, приготовился от меня терпеть. Я заточку выхватил и хотел всадить. "Падаль, — кричу, — ты же меня обварил!" Он глядит на заточку и глупо улыбается, точно той глупой пьяной улыбкой, какой скривился Пётр, когда я его за грудки растрясал. Ложка из моих рук вывалилась, брякнув под ногами. Так и прошла моя минутка, покуда молчали. Узбек близко окрикнул: "Эй, лазарет!" Тут Ванька вздрогнул, шмыгнул к тазику и завозил на полах тряпкой.

Распаренный узбек высунулся из поварской, а увидав меня с Ванькой, проматерился, будто начальник: что, маму твою, земляка встретил? И когда заметил, что в распахнутой подсобке кто-то раскидал сухари, то потащил Ваньку за волосы: что, надоело помои хавать, да? Для меня тот человек, которого он за волосы таскал, Ванькой уж не был, будто Ванька мой где-то в земле зарыт. Но я понял, что узбек для того его мучает, чтобы передо мной силу показать. И сказал, что сам рассыпал сухари — думал хлеборезка, хлеб обещанный искал. Он ухмыльнулся, что тут для свиней хлеб держат, а для лазарета хлеб на бачке лежит. Я стерпел; мне бы бачок не забыть, это он верно мыслит. Узбек тогда Ваньку отпустил. Я за бачком пошагал, мне скорей хотелось в лазарет. Но гляжу, что хлеборез две буханки выдал, а старшина-то мне твердил про три. Руки мои загорелись, будто обваренные. Я тогда и взвыл — они же Ивана, Ваньку, у меня отняли, а он только мой был! Так с хлебом в столовку и кинулся. Над кружками и чайником, где они чифирят, жжёный дым стелется, благодать. Ещё буханку, кричу, быстро, суки! Они подавились, а мне-то весело, хорошо. Я того и жду, чтобы они теперь набросились на меня — все, сколько их есть, чтобы сцепиться со всеми, хоть со всем миром, рвать его зубами, биться, пинать. Ты чего, братишка, говорят, борзость заела? А я кричу, что теперь два хлеба гоните, без двух землю заставлю жрать. Они загалдели по-своему, а мне душно, изнываю, что тянут — давай, наваливайся скорее, попробуй раздави! А старший оборвал своих людей и зло шикнул на хлебореза, и тот побежал, вынес мне две пахучие ржаные буханки, так на руки, точно поленья, к остальным и положил...

И я приплёлся в лазарет. Одна пустота. Хоть бы живое заворочалось в груди. Валяюсь днями на койке, думаю, а как же теперь дальше жить? Я себе намерил до Ванечки, а дальше будто бы твёрдо знал, что дорожить нечем. И только в Зарафшане вспомнил о матери. Один человек есть, который любит. Я должен ради неё жить.

Бивали меня и в Зарафшане, но после Вани я так сильно никого возненавидеть не мог. Терпел, но прихотей скотских не исполнял. Скоро за чокнутого посчитали. Не понимали, почему терплю. Они цеплялись за жизнь и только тогда думали, что живут, когда выдёргивали пайку друг у друга. Спали под шинелями, замерзая холодными ночами, потому что не желали прижаться друг к другу, каждый берёг своё тепло. Хотя и я мало чем от них отличался. И про себя ещё долго виноватых искал.

А что до часиков, то я жалел, что не разбил их вдребезги. Если бы мне предсказали, сколько за них вытерплю, то отдал бы сразу — хоть чеченам, хоть Ваньке, с рук долой. Да оставил бы Петру! Но кто такое предскажет? Вот и прятал их в сапоге, прятал в госпитале у старушек. И то чудом было, что не своровали. Может, поэтому ими ещё дорожил. Прятал и в Зарафшане от чужих глаз. Но устал. Всех боишься, все за тобой подглядывают, норовят своровать, и нету этому конца. А как-то забор на зоне завалился, прислали лагерных мастеровых, чтобы делали. Закончили они работу, попросили разрешения замутить на свежих щепках чифиря. Прапорщик наш разрешил, послал меня в лавку военторговскую, как они просили — за чаем и конфетами. Я воротился и снова уставил на зеков автомат, а прапорщик развеселился. Говорит, никуда они не убегут, подсаживайся, наливай себе в кружку, если угощают. И хлебали мы чифир, а один мастеровой сказал, что коней любит. Мне потому запомнилось, что редкая любовь. Когда зеков повели в лагерь, прапорщик рассказал про мужика, что он и отсиживает за конокрадство.

Может, разминулись бы. Но в день, когда вышел на волю, он слонялся потерянно по лагерной округе. Я его с вышки точно разглядел и порадовался, что человек освободился, выжил. А потом про часики решил и подозвал его. Растолковал, что они в степи зарыты и указал то место, отмеченное похожим на бочку валуном. Мужик подумал, что смеюсь над ним, даже обматерил в сердцах. Через сутки охрану сменили. Я сходил к валуну, чтобы проверить тайник. Он был разрыт, а рядом валялась пустая консервная банка и пакетишко, в которых я зарывал часы. И отлегло навсегда, последняя тяжесть свалилась... Человек этот остался для меня чужим. Но я того хотел, чтобы сделались часики ему дороги, как нажитые горбом. Жалко стало, что заржавеют в земле. Они и стоят чего-то только у людей.

ВОСКРЕСЕНЬЕ

Лагерную роту будили в этот день до рассвета — за час до подъёма, и без того раннего. Солдаты вставали с коек, начиная в сонливой зябкой тиши обдирать с них бельишко, и брели каждый со своим узлом на двор. Голые шелудивые ноги утопали по колено в пушечных жерлах сапог. Вода ручьилась в мглистом ещё дворе по гулкому жестяному корыту. Кто оказался с краю, тот безгласно мучился один за всех.

Достались ему холодные склизкие помои, а не вода. Выстиранные простыни расстилали подальше в степи, на густой, пахнувшей дымом траве. Кому назначали, драили казарму, где рядами тянулись стальные скелеты солдатских коек. Остальные выбивали ремнями гудящие, как барабаны, матрасы. Пыль парила густо, как в бане, но до бани еще надо было терпеть. Когда взошло солнце и воздух стал жарок, пыль вилась над отбитыми матрасами стайками, будто мошкара. Пылинки покусывали потные лица. А дышать было уже легко. Банщик — беспалый чеченец, с рукой похожей на копытце — так и не ложился, кочегаря печь, всю ночь раскаливая огромную зачажённую цистерну. И вот кипяток пустился по очертеневшей трубе, рядышком, в приземистый глинобитный барак. Труба бурлила, грохотала. Магомед скалил в улыбочке зубы и, сам похожий на чёрта, корчился и отплясывал, будто б гарцевал на той дикой огненной трубе.

Кипяток давали в банный день, как пайку голодным измученным телам. Кожа мягчела, жирнела, покрываясь каплями блаженной влаги. Солдат, набившихся в барак, уже сыто воротило от кипятка — хотелось постного холодку. Магомед просился в баню. Но мыться с ним близко пугались, прогнали дружным ревущим матом от распахнутой дверки. Чеченец сердился, ругался и, как обречённый, ждал. К солдатам, в их самогонный пар, заскочил по-хозяйски офицер. Но голый, без погон да фуражки, офицер помыкался в толпе гогочущих орущих солдат, опрокинул шаечку-другую и смылся под шумок. А на воздухе, на выходе уже ждал, встав на раздачу трусов, и сам одетый по форме — как трезвый пьяным задавал строгача.

Исподнее привозили из полка, уж стиранное. Размеров не соблюдали — хватай, какие не раваные, а досталось рваное — значит, сэкономили на тебе, таскай какое есть. В прачечной работали вольнонаёмные. Нанимались в полк офицерские жёны, но не очень вольные, а из тех, кто оказался без работы в городе да при никудышных мужьях. Им-то и свозили в прачку со всех рот всю эту солдатскую срань да грязь, и они терпели, стирали трусы, майки, портянки, обслуживая, будто собственных мужей. Мысль эта была солдатне слаще всего на свете, за это готовы были потерпеть и свою жизнь, чтобы отыскать прореху в трусах да посмеяться, когда командир не слышал: "Дырка офицерская! Глянь — как от мужа гуляет! Офицера своего на солдата сменяла!"

Прожитая неделя стала похожей на загробный, но уже и забытый сон. Два взвода охраны по двадцать голов в каждом, сменяя друг дружку, впрягались и волокли тягомотные сутки караулов. Скитались между караулкой и казармой, и там и тут ночуя, как на стоянках, не зная зачем живут. В караулах время прогорало дружней да теплей. Туда носили, как заболевшим, еду из роты, и вместо маслянистых стен казарменной столовой обнимала едоков тесная, сдобренная воздухом солдатских хлебов кухонька, где по ночам варили чифир, водили задушевные разговоры, слушали ощутимый до мурашек женский голос из радио. Голос этой дикторши по "Маяку" знали и слушали иные уж по году. Звали её в карауле запросто — Валечкой. Иногда говорили, слыша её снова из репродуктора: "Валечка пришла..." Ночами по караулке гуляли мыши. Если из темноты угла выкатывался наружу серый комок, чиркая по голым доскам, говорили тоже: "Валечка пришла..." — и пускали в свою компанию.

Из всех повинностей нести надо было одну — ходить на вышки. Спали не раздеваясь, вповалку. Свой автомат, выданный на сутки, жалко было сдавать обратно в оружейку, до того свыкался с ним, стоя глухими ночами на вышке, что с родным существом. Железо это, чужое поначалу и тягостное, таило в себе душу, как у собаки — готовое исполнить в каждый миг волю человека и не знающее его страха да слабости. Но подневольная ночная жизнь в карауле казалась подземельем. Дневной свет не радовал, проникая лучиком в это безвыходное суточное заточенье. На вышках жестоко томил распахнутый до горизонта непроглядный степной простор. Ветер одним духом своим волновал ровные густые травы, и они стелились по земле, громадные да голубоватые. На зоне всегда мучили мысли о доме. Тянуло отчаянно бросить службу да бежать в степь. Все плохие странности происходили в карауле: самострелы у солдат; оттуда родом были и все дезертиры; рисковые подсудные дела с зеками, когда могли пойти в штрафной и лупить до смерти, а могли сбежать из караулки в лагерь, понести дружбы свои да жизни ворам. Местом таких сходок была по ночам лагерная столовая — там слушали сказки сладкие воров да нажирались от их щедрот прямо со сковородки жареным мясом...

После бани, после пожёвки — а давали масло и беленькие яички — наступало безгрешное воскресное затишье. На куцеватом плацу перед казармой было удивительно тихо и пусто. На зону уходили в шестом часу пополудни. Было время, что по воскресеньям маялись, слонялись по казарме и двору, затевая драки. Но кто-то придумал играть в футбол. Мячом стал подсумок от противогаза, набитый портянками. Нашли близко с ротой подходящее место. Заборец из бетона там зарос травой и чуть возвышался над степью, похожий на вал. От него шагов двести было до другого забора — лечебно-трудового лагеря для пьяниц. Лечебка и рота много лет мирно делили этот пустырь. Он считался ничейной территорией. Земля здесь пустовала, отчуждённая вообще от людей, как зона близкая к охраняемой.

Алкашей охраняли без вышек. Заборы с колючей проволокой обходила ленивая, чуть не в тапочках домашних, охрана, без оружия и собак — нанимали туда мужиков со своим жильём, и в городках близких, шахтёрских, желающих на эту работу хватало с избытком. Звали их здесь дружинниками и привыкли видеть, как они слонялись вдоль заборов, наряженные, что пугала, в мешковатые, болотного цвета вертухайские мундиры. Но за заборами у них было устроено по-тюремному: бараки, нары, отряды, поверки, сроки... В роту как-то взяли взаймы из лечебки художника — алкаша. Расписывал ангелочками ленкомнату. Уморенный трезвостью, будто б голодом, ходячая скелетина. И он жаловался охотно всем любопытным, что сажают их в карцер и за каждую выпивку набавляют срок, хоть до самой смерти.

На пустыре росли дикие кусты колючки. Когда придумали играть по воскресеньям в футбол, их облили бензином и сожгли. По краям поля собрали из брёвен ворота, похожие на виселицы, которые с того дня пугали сторонних людей своим видом.

Тряпичный мяч гоняли босиком, летая без сапог по полю. Очень скоро добыли футбольный — дорогой, кожаный. В роте стали появляться у многих кеды. Офицеры закрывали на эти обновки глаза и не выясняли, откуда, на какие деньги. Зачуханных, опущенных поначалу брезговали пускать на поле. Разрешали только глядеть. Но если кто-то из них по случаю проявлял себя — здорово умел с мячом, то незаметно оказывался и он на поле; орал, толкался за мяч, гоготал, и все забывали, кто он такой, прощали его на один этот день. Всю неделю жили до воскресенья. А в оружейной комнате под замком и за решёткой хранился и пузатый чёрно-белый мячик. Там его прятали, чтобы не нарушал порядка в казарме, в углу за оружейным шкафом.

Играли тайком на порцайки, и эти игры на поле по воскресеньям стали всё одно что карточными. Играли с ротами, что по соседству, из Долинки и Сангородка. Был матч с командой зеков, которым очень гордилось начальство; отборная команда из солдат да офицеров билась с босоногой полуголой ватагой зеков. Из дивизии, из Алма-Аты, прибыл корреспондент окружной газеты — важный худой майор, с новеньким, как лакированным, фотоаппаратом на груди; играли в тот день и час, когда ему было удобно. Зеков привели из лагеря под конвоем. Их болельщики орали с крыш лагерных бараков, но не в силах были докричаться. Половина солдат охраняла, сидели у кромки поля с автоматами. Но судил начальник лагеря — это должно было считаться их, заключённых, привилегией в этой игре. В роте перед тем довели до сведения солдат без шуток, что, если заключённые лагеря их обыграют, то футболу больше не бывать. Зеки носились по полю чертями, матом валило от них, что дымом от огня, но конвойные, будто как в жизни, догоняли их да дружно теснили проскочивших к воротам отчаянных одиночек, а удары по мячу шарахали что выстрелы. В лагере эта победа солдат вовсе не родила беспорядков, чего опасалось начальство. Победу краснопогонников над собой там никогда б не признали — скорей бы сдохли, чем стали у них обиженками. Кто был у них за вратаря — того, бедолагу, верно, хоть тайком, но опустили. А солдат только задирали криками, что за порцайку наняты были с ними играть активисты да суки, а всем честным в подлость с легавыми иметь дело, — и клали они на этот ментовский футбол!

В тот день до обеда тоже гонялись по полю. Сказали офицеру, получили из оружейки футбольный мяч. Баня пошла насмарку — все уже были мокрые чернушным потом, купались в грязных облачках пыли. Солнце пекло шелудивые спины ровным суховатым жаром. Въевшись в кожу, горелой коричневый загар делал полуголых солдат похожими на мавров. Когда мяч мазал внникуда и сохлое поле без него вмиг вымирало, солдатня разбредалась. Всем было лень бежать за мячом. Морочила головы жара. Стоя в разных концах поля, орались друг с другом, выкрикивая что-то рваное, задохшееся, непонятное. Матерились. Кого-то заставляли бежать по его следу, и когда мяч выскакивал на поле, то вяло принимались катать его, будто б выдохся из него воздух, но вдруг зажигались, забывали обо всём, — и он снова бешено метался да скакал.

Жара растеклась лениво, сладко по жилам. И в какое-то время стало казаться, что солнце поблекло, ушло глубже в потускневшее небо. Усталым людям и всё почудилось уставшим, прожитым. Солдатня ещё тлела разговорцами — обидами да руганью. Обсуждая кто как отыграл, развалились, улеглись в траве на краю взбаламученного поля и глядели уж на него, будто б с берега на озерцо. Хотелось пить, стали грезить холодным лимонадом — всегда с поля и увиливали незаметно для офицеров в продмаг, скинувшись деньжатами. Но, чтобы сгонять на станцию, в этот раз не наскребли даже на пачку сигарет. Голодно подумали про обед, о жирных пахучих своих пайках. А до полудня надо было терпеть ещё долгие часы.

Накануне обеда лагерная округа вымирала, не было слышно даже шума рабзоны, где ковали день и ночь сеялки. Тихо доходяжничала и лечебка. Заборы из тифозных забеленных досок, на том берегу успокоенного поля, хранили унылое больное молчание.

Два человека проявились на гладкой песчаной дороге. Приближались со стороны станции, нарядно одетые, как нездешние. Но руки у них были пусты — не нагружены, как у многих приезжающих на свидания родственников. Они нетвёрдо шагали в обнимку, но строго и как-то слепо держались посередке. Дорога, на их счастье, была пуста. А они, казалось, ничего вокруг себя не понимали. Ветер горбил за их спинами чистые белые рубахи, с распахнутыми воротами, и обдувал старомодные брючки — расклешённые и блестящие глажкой, как антрацит.

Завидя неожиданно солдатню, человек отцепился от другого и пошагал прямиком к футбольному полю; коренастый и бодрый, похожий на катерок. Поодиночке они обрели возраст, лица. За ним, за стариком, подался нехотя, бодливо тощий смуглый парень. Можно было подумать, что старик сорвался что-то узнать. Поэтому мало уже удивлялись, когда он подоспел. Крякнул: "Здорово, сынки! Как жизнь? Закурите наших с фильтром?" Солдаты здоровались и тянулись с охотой за сигаретками. "Да все их на хрен спалите! Небось, соскучились здесь по таким. Ну, служивые, как у вас, она-то? Жизнь?" — бодрился и бодрился старик. Солдаты глядели на пылающую, будто волдырь, картошину стариковского носа, чуяли хмельной кислый душок и невпопад глуховато отвечали: "живы ещё", "как у всех", "охота домой"... Дедок сунул руки в карманы, крякнул, встал перед ними горделиво и затянул разговор: "А я вот, сынки, служил на Ледовитом океане, во флоте! Лодка наша называлась «Камчатка», слыхали такую? Год ходили под водой. Раз американца торпедой подбили. Ну! Американец нас вздумал к берегу своему за хвост утащить! Ну, мы и шмальнули... Потом — кому трибунал, кого к наградам..." В мутных водянистых глазах вдруг сверкнула слеза. "Дайте, что ль, закурить... Эх, была жизнь!" Пачку сигарет, которой только успел одарить, неловко протянули обратно хозяину. "Да нет, сынки, палите. Я одну возьму, а больше не стану. Разрешаете?" Солдаты уже чувствовали что-то чужое. "А это сын мой! Василием звать. Сам меня отыскал. Признал, ото всех теперя защищает. Вон какой, тоже служил во флоте, — сказал торжественно старик и крикнул нараспев, красуясь перед солдатами, — Васька, пентюх ты, швартуйся к нашему причалу! Здеся нашенские все ребята, братишки! Ишь... Ревнует, обижается, что с вами курю. Ну цыганка, а не мужик. Вот и матерь его этих была кровей. Это в неё чернявый такой. А от меня у него походка". Молодой парень стоял угрюмо в отдалении и чего-то ждал. От обиды он и вправду налился кровью, окреп, вытрезвел, как железка — и бросился быстрым ходульным шагом к старику. Но у незримой черты снова встал и то ли в забытьи, то ли со зла отчаянно выпалил: "Батя, с кем ты разговариваешь, они же менты!"

Через минуту до поля донесло немирный гул, раскаты криков и топот. "Держи их, хватайте этих сук!" От лечебки бежала спущенная, как с цепи, свора расхристанных мужиков из охраны. Вертухаи лечебно-трудового лагеря кого-то ловили, гнали, и неясно было кого, будто б друг дружку.

Старик с парнем затихли, но не двинулись с места. Они стояли, как наказанные. Солдаты повскакивали, но и растерялись, потому что эти двое даже не пытались бежать. Вертухаи высыпали на поле, их было четверо. Вдруг парень дрогнул и рванулся куда-то в сторону, а на лету истошно заорал: "Батя, беги!" Старик тоже меленько задрожал и только протягивал к нему руки: "Сынок, сынок". Тот почти удрал и выскочил на пустынную вольную дорогу. И всю злость вертухаи обрушили на старика. Его сшибли, стали лупить сапогами. Слышны были только стоны да мат.

Потом его будто вздёрнули под локотки и поволокли. "Бляди... Падлы... Чтоб вы сдохли..." — жалобно ныл старик, чавкая кровью. "Поговори! — рыкнул от переживаний мужик, идущий позади. — Тварь, алкаш проклятый!" — "Ба-а-тя-я-я! У-у-бьюу-у..." — раздался снова истошный вопль. На вертухаев летел взъярённый до сумасшествия парень, с булыжником в руке. Вертухаи пугливо кинули старика; они и солдаты бросились врассыпную. Парень швырнул булыжником. Бегущие опомнились, мигом повернули да покатили на него дружной волной.

Старик так и валялся в пыли. Только смог перевалиться набок и, задирая башку, хрипел: "Бей, сынок! Моряки не сдаются!" Парня гоняли по пыльному махонькому полю, куда он сам себя заточил, затравливая, как зверушку. Эта беготня длилась несколько кромешных минут. Он рвался на помощь к старику, не постигая, верно, что сам-то кружит и спасается от вертухаев да солдат. Кто-то сумел вцепиться ему в рубашку, она хряснула, и в кулаке остался только белый рваный клок. Но уже успели — подсекли, сшибли, стали топтать. Пойманных алкашей скрутили ремнями. В драных замаранных рубахах, со скрученными за спиной руками, шатаясь от свинцовой тяжести побоев, они уже сами глухо побрели в лечебно-трудовой лагерь, понукаемые смеющимися над ними, подобревшими ни с того ни с сего мужиками.

После этой дружной работы к солдатам прилепился, как к своим, оставшийся перекурить вертухай. Одинокого нескладного мужика угостили из доставшейся на дармовщинку стариковской пачки. "Им бы только стакан, ничего святого у них нету... Алкаши проклятые! У нас эти свадьбы собачьи что ни день. Они ж никакие не родные, — пожаловался мужик, — прикидываются, чтобы на радостях налили, а через неделю полаются, разбегутся. А эти как удрали, не пойму! Спасибо, увидали мы с вахты, а то ищи их потом до утра. Свинья везде грязь найдёт. Бежать-то им некуда, до первой канавы. Но ты поди найди, где эта канава-то". Солдаты довольно посмеялись над жалобами мужика. Вся охрана эта была для них смешной — без вышек, без овчарок, без автоматов. Мужик заговорил про футбол, с тоской глядя на затаившийся в траве мячик. "Вот бы сыграть... А то делать нечего. Ну чего, и у нас бы команда собралась, ещё вздуем вас, как щенят. Если что, мы и на деньги согласные. Червонец с проигравшего. Ну, чего жалеете? Поле ваше — деньги наши. Устроим с весны до осени свой чемпионат!"

Слово за слово мужику разрешили испытать мяч, ударить по воротам... Футболисты снова позабыли о времени и очнулись, когда на поле прибежал запыхавшийся послушный солдатик, посланный прямиком с плаца, где ждал их уже в строю меньший остаток взвода.

В шестом часу, гремя автоматами и пуская за собой по дороге муторный пыльный дымок, отдохнувший за воскресенье взвод шагал бодро на зону. Казарма и двор осиротели без солдат. Но вскорости на той же дороге показался новый их строй — чуть озлобленных да усталых, тех, что только сменили после суток в карауле. Это воскресенье им было не в корм. Свой выходной они задарма разменяли на службе, а потому, может, и накопили злости. Так всегда бывало: повезло отдыхать в этот день первому взводу — значит, не повезло второму. Офицеры выгоняли из свежевыстланного убранства спального помещения, куда манила нетронутая чистота. От солдатского выходного на их долю осталось кино. Ленинскую комнату держали под замком и водили солдат раз в неделю, как в баню, когда крутили кино — и они сидели блаженно в темноте, в теплоте. Глядели на сверкающих актёрок и миры. А сами беззвучно засыпали.

ВЕЛИКАЯ СТЕПЬ

По правую руку от рыжего паренька-шофёра изнемогал от духоты пожилой офицер и пялил мучнистые от наросшей пыли глаза перед собой в степь, будто б ждал из самого её сухого безжалостного пекла помощи. Надеялся он, что паренёк справится с машиной или что должна же она завестись хоть бы и сама собой — а в то, что застрянут, так и не верил. Паренёк отчаялся, и каждая неудачная попытка завестись прибавляла злости его захваченному врасплох настроению. Он выбрался из кабины, задрал пыльную покатую крышку двигателя и скоро крикнул ждавшему начальнику, не показываясь из-под неё: "Илья Петрович, ничего не сделаешь, заморился, сжарился весь... Нету в радиаторе воды". — "Ты, сучонок, сколько налил, что на полдороги хватило?

Давай, что хочешь мне залей, и поехали. А то сгорим тут заживо". — "Илья Петрович, я ж не верблюд, чтоб воду про запас возить. И здесь её где мне взять, вы ж гляньте, это ж Африка!" — "Вот сука, угробил мне всё дело! Бегом за водой, если так, лагерь близко. Ничего, добежишь". — "Илья Петрович, да я-то побегу — у меня и канистра есть, но сжарился мотор, думаю, здесь цеплять надо, не завестись нам самим". — "И машину угробил! Да ты чего, в морду хочешь?!"

Офицер запыхался, слез на каменистую, будто звенящую от полуденного зноя землю и приткнулся к пареньку. Он увидел чёрное, будто стёртое насухо до черноты, нутро машины, что задохнулось в копоти, от которого ещё тянуло прогорклым дымком, и обронил, уже упрашивая солдата: "Ну, никак не поправишь?" — "Руки сожгу. Здеся, как печка. Сгорело всё, как есть сгорело". — "Ну ты подумай, что делается... Значит, вляпались мы крепко. А до лагеря-то ехать осталось с гулькин нос!" — "Так если сбегать, Илья Петрович? Дадут нам трактор, и рванём на буксире с ветерком?" — "Ишь, умник, трактор тебе. Так сразу и трактор. Это до ночи их трактора ждать — будет из нас вобла... Вляпались! Надо зека выводить и пёхать до лагеря, а там уж трактор. Поведу, а ты с бабаями оставайся, будешь за главного — один я быстрей, чем этих ещё за собой тащить. За час, глядишь, обернусь. Ну, а вы терпите. Бог терпел — и нам велел".

Когда солдатик согласно кивнул башкой и скрылся по другую сторону автозака, то Батюшков невольно почувствовал, будто б отпустил от себя что-то родное... Он никогда не размышлял над жизнью и всё принимал как есть, сдаваясь безропотно перед тем, что было выше его понимания. Никогда не горевал, но и радовался чему-то редко. Довольствовался тем, что имел и не желал лучшего. В его комнатушке, в общежитии работников режима, стояла, будто б низенький нерусский столик, покрытая грубым солдатским одеялом железная койка, имевшая вид выструганных досок; на стену повешены были фотографии матери и отца в пору их молодости; имелся один платяной шкаф, сработанный тут же, лагерными умельцами; и разные вещицы помельче, которые давно вышли из надобности или приобретались бессмыслицей, по случайности, разбросанные по дому без всякого порядка. И так Батюшков обходился в быту, но не считал свой быт скудным, и полагал своё хозяйство достаточно серьёзным, потому что был этим сыт, обут, одет и обустроен, чего и требовалось для земной жизни, а что-то оказывалось в его быту даже ненужным, — то, чего лишался без сожаления, приобретя по случайности или, как сам говорил, "сдуру". Жил по доброй воле так, как это заведено в казарме или в бараке для подневольных.

В лагерной роте не любили путевых конвоев — полдня в пути до Караганды и полдня в обратную, если повезло, если ничто и нигде не задержало дольше положенного. Лагерное поселение в кулундинской степи жило своей сонливой, почти мирной и нетюремной жизнью. Долгое марево степного лета и беспробудная степная зима, с её снегами выше человеческого роста, мертвящими ледяными ветрами, близким свинцовым непроглядным небом, погружали это местечко будто б в сон. Казалось, что и зло здесь не свершится никогда, потому что круглый год живут люди по жаре или по морозу как во сне, ходят-бродят то жаркими бестелесыми тенями, то окутанными паром и стужей призраками. Только командир батальона сновал туда-сюда по степи, по ротам степным, на вёрткой своей командирской машине, похожей на водомерку, с выгоревшим белёсым верхом из брезента. Надавал выговоров, указок, поволновался — и пропал на день-другой. Толку от него не было. Но будто б надувал он своими перелётами свежий ветерок: прилетит в поселенье, поволнуется — и умахнёт по степной глади.

Людей в поселенье так вот, как по воле ветра, — кого заносило, кого уносило. Сроки и в лагере были строгие, сидели здесь за серьёзное, по многу лет, основательный серьёзный народец, а не шантрапа, кто уж знал, на что идёт, и отсиживал свой срок пряменько, стойко, крепко-накрепко, будто б гвоздь, который вогнали по шляпку. Казалось, что если зека можно вытащить из лагерной барачной доски, куда его всадили, то разве клещами. И когда неожиданно требовалось вытащить кого-то из лагеря да свезти на следствие в тюрьму, в следственный изолятор, — это и был путевой конвой — то фигурка этого снова подсудного человека на глазах гнулась, делая только шаг от зоны, а само то, что начинало происходить, казалось чем-то неправильным: вся эта дальняя чужеродная до тюрьмы дорога.

А без работы захирел в гараже арестантский фургон: он стоял у стены в углу, похожий угрюмостью на ископаемое. Солдаты из рембригады озверевали, когда давали им приказ поставить его на ход, барахтались с ним до ночи, а то и всю ночь напролёт, чтобы поутру застывший фургон был готов тронуться с заключённым и конвоем в путь. Хоть такое дело случалось одно за год и можно было б проехаться по всей карагандинской трассе, испить, если начальник раздобрится, кваску, а то и пива в самой-то Караганде, те, кто по службе только и стояли сутками на вышках, мало радовались назначению в путевой конвой, соображая, что надо ехать тряско, много часов, в духоте, закрученным в кузове автозака, будто в консерву, — да и занятие это было для вышкарей малознакомое, чужое. Русские крик поднимали, не желая мучиться в конвое, соображая, что да по чём, а потому сажали в конвой двух солдат из нерусских, которые молчали и ничего не понимали, были, как твари бессловесные — таких отчего-то рука сама тянулась у взводного не пожалеть, засадить в конвой. Эти хоть ныть не будут, будут терпеть, и вот за это терпение двужильное, почти скотское и было их не жалко. Батюшков и сам умел так вот всё стерпеть, будто коняга запряжённая, и к себе самому тоже не имел жалости. Жалко ему было мучить в конвое тех солдат, кто глядел на него заранее, как на своего мучителя, и уж готовился сдохнуть по пути, соображая, что всё в этом конвое путевом будет им невыгодным — так невыгодно, будто б родиться на свет божий только для того, чтоб умереть.

Ещё весной в лагере, не произведя волнений, свершилось безмолвное, не оставившее никаких следов убийство. Убили заключённого — извели свои же, а труп разнесли на куски и схоронили по зоне, так что отыскалась после не одна голова. Это зверство было другим в урок. Заключённые не иначе как раскрыли между собой человека, что осведомлял оперативную часть. То, что убийство старательно подготовили, не было поэтому, верно, тайной и для оперативников. Зеки ж привели в исполнение свой приговор тишком, и в оперчасти тоже сделали вид, что это была бытовуха, а не вызов яростный режиму. А спустя время отыскался и убийца — он показал голову, зарытую в кучу мусора. Сам дал на себя показания, сознался в убийстве заключённый, который никакого уважения в лагере не имел. Был он ничтожный человек — дурачок — живший кое-как, и часто побиваемый своими, так что во рту его было мало зубов. Частенько видели его и с вышек, как он побирался на помойной куче в жилой зоне — накапывал тряпочек, корочек, огрызочков и по-крысиному отбегал с тем ненадолго в сторону, где-то припрятывал, а потом снова брался за работу. Мусорный человек, будто б сам из мусора слепленный. От такого только ждали, что не стерпит и удавится тихонько, а он убийство на себя взял, в убийстве сознался. Тогда и конвоировали его в Караганду, на следствие, где он темнил, держался несколько месяцев, а после стало понятным, что сам себя зачем-то оговорил. То ли вынудили его в лагере сознаться, а в тюрьме уж испугался до смерти, то ли сам он это всё учудил, чтобы из лагеря вырваться, но была ему одна дорога, обратно в лагерь, а там — штрафной за враки да перед зеками ответ держать.

Время едва ли сдвинулось с того дня, как разделали стукача, и только одряхлело, стоя без движения, так что лагерь и окружавшие его степи, и всякая малость — барак это или трава, пожухшая у фундамента барака — выглядели старей. Илье Петровичу казалось, будто конвоировал в тюрьму заключённого не иначе, как вчера, хотя ничего подробного и не помнилось. И это было только чувство, нажитое сонливыми мирными лагерными годами, в которых день походил на день, как след на след. Он ничего не помнил, хотя и не забывал, переставая жить мгновениями, редкое из которых вдруг вонзалось бы так, чтобы останавливался и замирал, как от сердечной боли. Распорядившись с киргизами, которые так и стояли, будто уснувшие, он полез в кузов, чтобы вывести заключённого. Заслышав его, зек ожил в темноте клетки и прильнул изрытым ручейками пота лицом к решётке. "Что, начальник, приехали? Зона? Отмучились?" — "А ты не спеши..." — обронил хмуро Батюшков, чувствуя от говорливости неожиданной зека такую ж невольную тошноту, будто по жаре совали ему в рот ошмёток жирного сала. "Замочек маленький, а вон какую толстую связку таскаешь? Звенят?" — "Положено, вот и таскаю, гляди, разговорчивый какой", — отбрёхивался Батюшков, хотя мог бы равнодушно, по-конвоирски смолчать.

В голосе зека звучало нетерпение, которого тот не умел скрыть. Илья Петрович удивился про себя. Самому всё стало обыкновенным, и с чего бы зеку так дожидаться, ведь не на волю ж выпустит он его из клетки, а под конвоем через всю степь поведёт. Преодолевая отвращение, что должен объясняться, взводный вымолвил: “Рано радуешься. Мотор у нас сгорел. До лагеря пешими пойдём”. — “А водички дашь?” — заелозил тот у решётки ласковым зверьком, млея от удовольствия, будто б обдало всего счастьем. “Пошёл ты... Не вздумай дурить — пальну в спину-то на раз, как в копеечку, — сказал Батюшков без злобы и отпер наконец клетку. — Остановок не буду делать, слышь, даже по нужде. Если надуркаешь — себе в штаны гадить будешь. Воды нет. Сигарету дать? Можешь побаловаться на дорожку”. — “Некурящий я”. — “Вот и хорошо, легче шагать. А я-то смолю по пачке в день. Пора это дело бросать, а то загнёшься так — все лёгкие это курево отнимает. Ну, шагай вперёд... Эй там, принимай! На выход!”

На пятачке у фургона, рождая не страх, а тоску, стояли с автоматами наизготовку, согнутые под их тяжестью, два солдата-киргиза. Тонкие и низкорослые, будто б саженцы, только их тому и выучили, что автомат должно направлять от себя и крепко держать в руках. Кругом арестантского фургона колыхался шёлковым пологом ярко-огненный свет. На много километров вперёд в выжженной степи не было видно ни единого зелёного, хоть бы тенистого пятнышка, а только лысели, раскиданные тут и там черепа сопок, да торчали одиноко заросли саксаула, похожие на обглоданные кости. Батюшков пошарил языком в высохшем рту и оглядел тоскливую свою армию: он был доволен только тем, что все конвоиры стояли, как и положено, по своим местам. Глядя кругом, он поневоле побаивался этой степи: “Змеями пахнет, шкурой их вяленой... Вот угораздило, погодка, как на заказ, хуже ещё не бывало...” Страх закрадывался от мысли, что он уж порядком вымотался, устал, а ведь не рассчитывал, что придется ещё прошагать без воды, в подъём до этой угольно-очерченной дали горизонта, под палящим нещадно солнцем.

Никогда ещё он не ходил в одиночку по степи. Втайне он подбадривал себя, что внушил зеку с первых слов свою волю, дал ему испытать, какой дорожкой они пойдут, без всякого снисхождения, хотя и снисхождение успел проявить, ведь разрешал на дорожку покурить, но дальше-то гляди, всё в моей власти. Но власть свою он никак и не мог почувствовать. Мучила жажда, морочила голову жара — и всё. На ремнях у киргизов болтались фляги. Батюшков чуял, что нет в них воды, но не утерпел и будто б для порядка проверил: молча притянул к себе за ремень одного — потряс флягу, взялся за другого — а фляги, что пустышки, пересохло в них давно. "А у тебя фляги нет? Форсишь?!" — рявкнул он в сердцах на шофёра, а простить самому себе не мог, что не взял-то в дорогу флягу. Он сроду фляги не носил, как и все офицеры: когда на одном боку кобура торчит, то с другого бока фляжку нацепить — коромысло это уж только чурбан выдержит носить. Ни времени, ни охоты нету болтаться при этой фляжке. Солдат — другое дело, солдату положено. Но вот они и выжрали всю воду, желторотики, дурачьё, небось, от Караганды ещё не отъехали, а уже выжрали. Нет воды. Ни капельки. А до лагеря-то пёхать и пёхать — да ещё виду не покажи, что слабость есть в тебе.

Он забывался, мысли уносили его, как по воде. Может, от жажды всё и уплывало, текло, было в сознании и душе таким размыто-водянистым. Он было всё решил, но решимости этой хватило на горстку минут, что утекли, как песок. На глазах у зека он отдал своей ненужной больше армии — этой горстке растерянных солдатиков — приказ не разбредаться и ждать. "Дай водички, начальник!" — взмолился зек, думая, верно, что всё же есть вода во флягах у киргизов. "Ещё воду на тебя изводить, — ответил нарочно с благодушием Илья Петрович и заставил себя усмехнуться. — У нас вода только для курящих. А которые некурящие — запивают слюну свою поганую песком".

"Что за ошибка природы, зачем он народился на свет, этот доходно́й?.." — такими мыслями утешал себя на ходу Батюшков, не проронив ещё с зеком по доброй воле ни слова. Арестантский их фургон давно скрылся с глаз. Они были одни в степи — уже за той извилиной горизонта, что чудилась всего с полчаса назад краем земли. Он то и дело подгонял зека, чтобы не давать ему продыху, но чувствовал, что уж сам сбавляет устало шаг. Они шли вровень. Батюшков только следил, чтобы зек от него не отставал.

Сколько ни напускал на себя вредности, но начальником конвоя Батюшков был свойским — как и взводным, он был свойским для солдат, звание своё маленькое уж полжизни не выпячивал. Он сам принял неуставной вид и разрешил оголиться по пояс зеку, чтобы не душился тот в потном грязном тряпье. Под сапогами мерно похрустывал песок. Воздух потеплел, и небо чуть стемнело, не жгло больше глаз. Зек неожиданно смолк, только они зашагали — и молчал не переставая, а вместо того чтоб взять да заговорить, насмешливо пялился по сторонам и мотал, как ватной, головой. "Блажной... Как есть блажной... — удивлялся поневоле Батюшков. — Отбили ему, видать, на зоне башку. Ишь как мотает башкой, ну чисто конь. Небось, конём себя воображает хорошим. Кажется ему, небось, что под уздцы его ведут". Но коричневая шелудивая спина дышала нищетой, голодом, так что было больно видеть и эту коричневу загара, похожую на засохший сургуч. Зияли, как объедки, обглодки кожа да кости, но и те — хиленькие, цыплячьи. Батюшков и не хотел, но не мог уж взглянуть на зека без жалости, а от близости с ним стало даже холодить, потому что вдруг почудилось, что и молчит зек от голода: молчит, а в то время нестерпимо хочет есть, пить, спать... И взводному сделалось стыдно вспомнить, как заключённый просил у него воды, а он не ответил по-человечески и в издёвку сказал про песок; а что воды во флягах ни у кого не было, будто б пожалел дать ему даже узнать.

Вдруг доходной уж не с насмешкой, а ощерясь пронзительно, как скелет, взглянул в упор на него, на своего конвоира... Батюшков застыл, ничего не мог сделать, руки и ноги отнялись. Руки его не слушались, и он ощутил ужас, будто б ясно постиг в тот миг, что лишился рук. Но в то время, как Илье Петровичу почудилось, что застыли они на месте, всё происходило стремительно — так быстро, как только способны люди драться за жизнь. Зек обливался потом, дрожал, но был он быстрее — он уже успел, уже подумал, уже был впереди, отчего и чудилось взводному, что сам-то он застыл обрубком. Отмер он, когда постиг, что падает. А когда уж вскочил на ноги, то зек убегал — был от него метрах в двадцати. Батюшков заорал. Стал выхватывать из кобуры табельный — а фигурка зека растаивала на глазах.

Грохнул выстрел, и Батюшков, после своего ж этого первого слепого выстрела, будто б очнулся: он тяжко дышал, сжимая в руке мёртвой хваткой пистолет. Его взорвала злость, был он подло, тварью самой подлой обманут, и душила только одна яростная ненависть — догнать, раздавить! Когда бросился он за зеком вдогонку, то стало ему так легко, будто переносился по воздуху, почти летел. Батюшков видел его, слышал его — и такая ненависть овладевала всем существом, что зек нужен был ему только живым. Он не слышал, что заорал, и не понимал, куда целил, снова делая выстрел в воздух. А зек бежал и бежал, сверкая взмыленной потной спиной. Он тоже что-то орал. Они, чудилось, не бежали, а мучились друг с дружкой, вытягивая один из другого жилы. По степи аукались их вопли. Взвивалась песчаной мошкой пыль, окутывая бегущих своими клубами.

Зек так и был от офицера метров на двадцать впереди. Он бежал и уже оглядывался, пугаясь, что конвоир или целит в него или вот-вот настигнет. Их силы выдыхались. Тогда-то, слабея и задыхаясь уж не от ненависти, а будто б давясь глотками воздуха, которые не в силах была сжигать раз от раза рвущаяся на клочья грудь, Батюшков опомнился и постиг: это совершается побег, и он должен стрелять по зеку, чтобы не дать ему уйти. Батюшков мог стрелять — и некого было жалеть, нечего было ждать, ведь и у него самого не было больше сил. "Убью-ю-ю-ю!" — взвыл он с немощью, надрывая грудь, и не успел выпрямиться, чтобы открыть пальбу, как зек обернулся и, будто руки да ноги его были вздёрнуты на ниточках, стал плясать перед ним скелетиком, лыбиться и что-то чёрным беззубым ртом своим хрипеть... Он наскочил на зека, сшиб ударом в лицо — и всё было будто б уж кончено. Был он в его руках. Доходной же весёленько лыбился, как пьяный, разбитым ртом, где пузырилась кровь, а Батюшков орал, сидя на его костях, чуть не в лицо ему, звонким от отчаянья и надрывным по-бабьи голосом: "Играешься, сука?! Со мной играешься?! Весело тебе?! Да ты понимаешь, что я тебя убью! Пристрелю тебя здесь, как собаку!"

Когда поселение уже замаячило в прохладной померкшей дали мачтами лагерных вышек, усталыми дымными крышами домов, Батюшков испытал давно не посещавшее его чувство, что возвращается он домой, где всё удивительно да свежо, и всё-то распахивается ему навстречу. Зек ковылял впереди, обречённо понурив голову в землю, расшатываясь от пинков да тычков, которыми уже навстречу лагерю гнал его без жалости взводный. Они спустились узким, змеиным ущельем меж сопок и вышли на пустынную покатую дорогу, хоть должны были по ней весь путь свой и пройти. Показались первые домишки, покошенные степными ветрами изгороди из белёсых, как инеем покрытых жердей, то рыхлые, то чахлые огороды, похожая на заросли лопухов пожухлая под солнцем бахча.

Взводный припрятал пистолет в кобуру. На задворках они оба отряхнулись, оправились и шагнули на тесную улочку, где уж ходили по обочине куры, брехали через забор друг на дружку собаки, доносился шум людской со дворов и теплилась к вечеру жизнь. Пройдя как на параде улицу, — здесь Батюшков через дом здоровался да раскланивался со знакомцами — они вышли прямо к вахте лагеря, площадка перед которой была поселковой главной площадью. На площадке этой громоздилась голая бетонная коробка автобусной станции, куда утром и в другой раз к вечеру прибывал автобус из райцентра; подле жалась к бетонным стенам вся сваренная из железа времянка — киоск хлебторга; стояли скамьи, как на футбольном поле, три ряда, что было похожим ещё на базар без прилавков. Но этот базарный ряд скамеек был для родственников осужденных, что ручейками текли и текли неводомо откуда в этот степной посёлок на свидания, — чтобы им было где побыть, ожидая, когда позовут их с вахты увидеть своих близких или узнать о них.

После у Ильи Петровича было чувство, что произошло всё не с ним, а будто потерял он память: он очнулся, когда уж сдал зека дежурному и стоял в проходе на вахте совсем один. С дежурным они ещё и проговорили с добрые полчаса: Батюшков рассказывал о том, что с ними приключилось, доложил, чтобы отправили на дорогу за застрявшим в степи автозаком трактор, но про побег, сдавая-то зека дежурному, про самое что ни есть главное, что случилось с ним в тот день, о чём и права не имел смолчать — так и не пришло ему на память сказать. А когда спохватился, то уж испугался, подумалось ему украдкой: ведь никто не знает про побег этот, так лучше пускай и не знают, а то мало ещё чего, вцепятся в каждое слово и жди уж, когда отцепятся, дурачку ж этому никто ни за что не поверит.

Так рассуждал он, думая, что уберегает себя, но если кого и уберёг он, то не себя, а заключённого. Но и это Батюшкову не пришло на ум, что побег — новый для осужденного срок. Будто б сам не свой, конвойный офицер, повидавший на своём веку всё, что на службе положено да ещё и с лишком, так он и не понимал, точно помрачился ненароком умом, как слабоумный, что о подсудном-то деле смолчал. Ему хватило ума только спросить у солдата воды. Тот впустил его в караулку, и он сам по памяти пошагал к умывальнику, где долго и жадно пил, сделавшись от простой воды в конце концов как пьяный. Уйдя с вахты, Батюшков сел на скамью — и сидел один-одинёшенек на длинной, будто дорожка, скамье, дожидаясь возвращения из степи своего конвоя. Открылись ворота. Выехал из лагеря трактор. Он порадовался, но не успел сообразить, что может подсесть да возвратиться за своими сам вместе с тем трактором, а не ждать бестолку ещё полчаса. Батюшков, было, совсем, как пьяница вздремнул, и его разбудил снова гул трактора — но это уж трактор возвращался с автозаком на буксире, и ему только померещилось, что время пролетело, как одно мгновенье. Трактор выехал и повернул на роту — потащил автозак в гараж. Батюшков успел увидеть, как рулит автозаком, что катился бесшумно на буксире, его довольный, успевший уже зазнаться своим подвигом солдатик. Тогда Батюшков встал — и побрёл за пыльным их следом в сторону своей роты, шагал и думал бестолково себе под нос: "Летний день — длинный день".

В казарме он сдал пистолет в оружейную камеру и повинился, недосчитавшись двух патронов, дежурному по роте офицеру, что тоже был возводным и которому из-за дежурства в тот день повезло не ехать в конвой — повинился, что с дуру стрелял в степи в попавшуюся на глаза змею. Тот, глядя с сочувствием на пожилого измождённого человека, не стал придираться, а уважил: "Чёрт с ними, Илья Петрович, не бери в голову — спишем на стрельбище, раз так".

А наутро всё у взводного болело, будто б избили его или скинули с горы. Ныли ноги. Висли жердями руки. Ломило спину. И с самого утра, проспавшись, он только и мог думать, что о зеке, чувствуя себя теперь не иначе, как преступником. От мысли, что он так вот по глупости своей стал с ним заодно, корчило посильней, чем от боли, но было уж поздно заявлять правду. Он никак не мог понять — почему ж он не стал стрелять? Зачем бегал он с тварью этой наперегонки? Чего ж он, околдовал его, что ли? Батюшков чувствовал, что весь день проклятый вчерашний прожил не по своей воле да так, будто б повелевал им кто-то всё равно, что издеваясь над ним. Он никогда не стрелял ещё в человека, но все годы знал, что не дрогнет и всегда готов выстрелить, даже убить всякую эту тварь. Но вот — тварь эта делала с ним-то, что хотела. Как это всё с ним случилось? Какая теперь ему будет жизнь, если ж он долга своего не исполнил — дрогнул, побежал?!

Он заставлял себя думать об этом и всё одно чувствовал, что в том, как был он до этого устроен, что-то непоправимо разрушилось, сломалось... Случилось, что оказался он вовсе не таким, как думал столько лет о себе. За это, верно, испытал он и наказание — изведал сполна свою слабость. Долга он, как надо, не исполнил, и принужден был теперь жить, чувствуя себя уже будто б чьим-то должником, за что-то до гроба виноватым, но этого хозяина не зная — не зная, кто ж держит в своих руках ниточки его судьбы, вины и правил им тогда в степи, заставляя сделать всё наоборот.

ПРАВДА КАРАГАНДИНСКОГО ПОЛКА

РАССТРЕЛЬНАЯ КОМНАТА

Когда зеков по хрущёвской реабилитации на свободу выпустили, пришлось сокращать и лагеря. В долинкинском лагере карагандинского лагуправления спилили вышки, оставив едва заметные пеньки. Колючую проволоку по новому узкому кругу расположили. Обмелел лагерь, пересох, но не до дна. Так и с другими лагерями карагандинки случилось: укоротили их малость — и оставили служить.

Прежняя лагерная администрация в Долинке размещалась в могучем каменном строении. Теперь до лагеря было далеко и его приспособили под нужды солдат охраны. Верхнюю часть отдали под ротную канцелярию, каптёрку и библиотеку. Подвалы, которые служили застенками, теперь использовали как хозяйственные склады. Что же до нижнего этажа, где следственный отдел располагался — помещения для допросов, судебные, делопроизводительские, и расстрельная комната, с ним особо поступили. Разобрав ненужную кладку, из этих помещений устроили столовую для солдат. И вот прибыл в Долинку новый призыв. После бани обритых наголо и переодетых в армейские робы молодых солдат повели в столовую, чтобы откушали по прибытии первого солдатского борща. Этот борщ — дело известное: худой навар и тошная гуща, и никого, кроме молодых, им в быту казарменном не удивишь.

Сопровождал молодых из бани ротный старшина. Он нарочно был приставлен к пополнению, чтобы разъяснять на первых порах службу. И был человеком обыкновенным, простым. Половину жизни отдал лагерной охране. И чтоб как-то утешиться в этой степной глуши, он с важным видом рассказывал молодым историю этой столовой, прямо как музейный хранитель. Какие знаменитые люди были у этих самых стен расстреляны, вот на этом самом месте они и стояли, только одни имена громкие старшина и затвердил. Молодые стояли смирно, слушали, озирались вокруг. А за столом рядом обедал взвод охраны — из бывалых солдат на старшину никто внимания не обращал. Бывалые жрали борщ, потому что с утра проголодались. Да и про эту комнату успели наслушаться, этот же старшина и рассказывал, когда они только пришли служить и едва перешагнули порог столовой. Теперь же старшина для них был не старшина, а просто рыло надоевшее, языком треплет почём зря и мешает отобедать.

Ну вот и молодым пора за стол, милости просим. И наливают каждому по котелку. И все застучали ложками. А один так сидит, будто заболел. Потом вроде опомнится, возьмёт ложку, но ложка из рук сама вываливается, не слушаются руки. Со всех сторон на него уж косо поглядывают. "Брезгует..." — ухмыляются бывалые. "Ещё пирожков маминых не переварил, сынок..." Кричат ему: "А ну, жри!" Он снова ложку со стола подобрал, в котелок полез, будто хлебает. Но тут стало у него выворачивать нутро. Кругом позамирали, и наступила мёртвая тишина. Все глазеют на него. А он совладать с собой не может и в тишине этой мычит, давится. Старшина бросился к нему: думает, подыхает паренёк — уцепился, кричит благим матом, чтобы звали из медпункта сестру.

А до котелков, когда дурака этого из столовой убрали, многие больше не дотронулись — был у свиней праздник, свиньям слили в бачки. Кое-кто даже ужином побрезговал, не явился за пайкой, чего в Долинке сроду не бывало. Будто протухла в тот день жратва. А дурака того, дождавшись ночи, трое или больше их было, досыта накормили — одни за руки за ноги держали, повалив, другие заливали холодными помоями рот. Заткнули и старшину, только другим способом. Что-то ему шепнуло начальство, дёрнув за ушко — и он уж ходил немой, будто рыба, всего боялся. Молодого услали в лазарет, в Караганду, а там отбраковали и отдали в стройбат под Семипалатинск, куда отсылали только дебилов и нерусских.

ПРАВДА КАРАГАНДИНСКОГО ПОЛКА

Полк был не так уж велик — в Караганде квартировали всего три головные роты, по сотне душ в каждой, не считая штабного офицерья, а также интендантов. Только одна рота и была конвойной, её солдаты конвоировали заключённых по тюрьмам, судам, областным лагерям — по карагандинке. Две другие роты были по замыслу карательными или, как их ещё называли, особыми. И если о ком говорили "полковые", "из полка", то о тех самых костоломах, которые числились в их списках. Эти роты содержали в городе, над всей карагандинской областью, точно батарею пушек на выдающейся высоте. Если зоны бунтовали, их тотчас бросали на подавление. И если солдатня безобразничала в степных ротах, их опять же посылали усмирять.

Кулак особой роты испробовали в Иргизе, в Карабасе — это были самые слышные и памятные солдатские восстания. Понятное дело, что события и по прошествию множества лет хранились в глубокой тайне. Но слухи, которые первыми распускали о своих подвигах сами каратели, или шипящие угрозы начальников, "Будет и вам, суки, масленица!", да и кое-какие страшные следы — горький дух пороха, кровь, цинковые гробы, копились в полку, а потом и въедались в его барабанную шкуру, похожие на дробь.

В Иргизе, в этой лагерной роте, тамошний начальник, из битюгов, переломал рёбра служивому чеченцу — может, чести тот ему вовремя не отдал, нагрубил. Но был судим всем чеченским землячеством — те повязали его и расстреляли из автоматов у казарменной стены. Начальник этот давно свирепствовал, так что судили, получается, в сердцах и за всё зло. Чеченцев тогда в Иргизе служило с половину роты. Расстреляв начальника, они уже не сдались военным властям, а вскрыли оружейное хранилище, то есть вооружились, и засели в казарме, отчаянно отстреливаясь из окон, потому как им нечего уже было терять.

Крушить казарму в полку пожалели, чеченцев вышибали хорошо укрытые снайпера, в течение дня. А выманивали их в окна солдатские цепи, туда ведь согнали, чтобы подбодрить карателей, и с сотню ничего непонимавших солдат. К вечеру солдатские цепи отлегли на большее растояние, став заслонами и ничего уже не видя издалека. Тогда стрельба будто бы стихла. Казарма как-то вдруг заглохла, не находили живой цели и снайпера.

Потихоньку вперёд двинулись бронемашины, прикрывая карателей, столпившихся под их железными задами. Машины грянули, поравнявшись с казармой, расстреливая её в упор. Ещё в дыму и грохоте этого залпа каратели бросились на штурм и, дико крича, запрыгивали в чёрные обугленные окна, откуда стала доноситься беспорядочная стрельба. Как рассказывали, стреляли они по недвижным трупам, в угаре и в страшном своём же крике не разбирая мёртвых и живых. Чеченцы погибли все до одного. Если оставались раненые, то их добили, того не зная. Штурмовали, выходит, один их отчаянный вольный дух.

В иргизском деле были убитые, раненые, но осужденным оказался единственный солдат. В особой роте, в карателях, служил чеченец, некто Балаев, старший сержант. Образцовый служака, он отказался стрелять по своим и даже пытался переметнуться на их сторону, но, беглый, посечён был по ногам автоматной очередью. Рассказывали, что он так и остался без ног, а безногий, был приговорён с тогдашней строгостью к расстрелу.

А в Карабасе служивые заупрямились зимой из-за студёных ночёвок в казарме, когда по безразличию начальства ротной котельной недопоставили угля. Топливо израсходовалось к февралю, и больше его не выдавали. Отговаривались, что до весны уж рукой подать и что рота положенный ей запас сжарила. Но солдаты отказались заступать на вышки — потребовали угля и зимней пайки, потому что как раз прошёл слух, будто в долинкинском лагере начальство хорошее и служивым дают на день сверх положенного по кульку чёрных сухарей, да еще и сало. И вот затарахтели по зимней-то дороге полковые грузовики, по хрустящему ледку, по тонкой корочке...

Казарму окружили автоматчики. Но солдатня, выглядывая из оконцев, посмеивалась над ними: не верили, что этот парад выстроился всерьёз. Покуда они посмеивались, каратели выстраивались ещё двумя рядами, будто берегами, начиная от крыльца. В казарму никто не заходил, решение было принято уже в полку — один ряд карателей, безоружных, но со щитами и дубьём, наконец проследовал в тёмное тесное здание.

Перепуганных солдатишек выкуривали дубьём на свет и дальше гнали сквозь строй прикладами, не давая ни оглядеться, ни одуматься. Загнали в оцепление, как в мешок. Начали выдёргивать из мешка наружу одиночек, а когда разошлись, то и двойками, тройками. Заварилась тошная каша; под открытым небом, на снегу, били и допрашивали, кто отказничал заступать в караул, какие были зачинщиками, а какие в окошках над особой ротой смеялись. На этом кругу снег лежал чистым, а после он покрылся бурым ледком, который ещё сапогами-то раскатали, так что стало на нём скользко.

Самых борзых и зачинщиков, которых наспех выявили, побросали в свои грузовики, а массу затравленных, пришибленных солдат бывшей лагерной роты, выставили на морозе — строем, голышом. Так их закаливали, чтобы не требовали больше угля. Голыми, их заставили ползать на животах, маршировать, окапываться в сугробах. Ещё в разгромленной казарме отыскали книжку, воинский устав — и спрашивали наизусть присягу. Кто отвечал, тем наконец позволяли одеться. Подзабывшие выучивали хором, под гогот уморённых, толкущихся без дела карателей — бойцов особой роты, как их любило величать начальство.

Эту особую роту кормили усиленным пайком, и койки их в казарме были одноярусными, считай, личные покои. Днями они качали мускулы и обучались битью в подвале, приспособленном нарочно под их зверские занятия: с глухими ватными стенами, перекладинами, наглядными плакатами, куда и как надобно бить, а также чучелами, чтобы готовились. А ещё они часами бегали вокруг полка, горланя на бегу песни — так их приноравливали дышать — но задыхаясь. Их не унижали нарядами или чисткой сортиров. Эту работу выполняли солдаты из конвойной роты, которых питали варёным салом, оставшимся от мясных блюд, что подавались особой роте и штабным служкам.

Ни мясо, ни сало, если мерить по пищевому довольствию, то есть середина, доставалась другой роте, караульной. Солдаты в ней подыхали от безделья и подлости, мучая на гауптвахте однополчан. Жили они своим хитроватым миром, недаром их ненавидели. Караульные ещё несли почётные наряды по полку. Охраняли главные ворота и штаб, кумачовое полковое знамя и склады неприкосновенных запасов, откуда кормились и день и ночь, списывая воровство на складских крыс. Начальники, которые и сами подворовывали, чуть чего, ко времени ревизии, ставили о крысах вопрос, деловито шумели, что от них нет житья — и вот, если "распробуют" боезапас!..

Для солдата попасть служить в полк почиталось удачей. Виноватых, отбракованных, пойманных на воровстве как раз наказывали, высылая из полка. В степях, в лагерной охране служивые дичали от дурного курева, беспробудных драк и водки. На лёгкие, услуженные у зеков, деньги всё прикупалось у барыг. Барыжничали казахи, торгуя коноплею. Заглядывали в степи и зеки, отсидевшие свой срок, знавшие лагерную цену водки. Но чаще это были этакие омужиченные бабы, промышлявшие по лагерям. Зечки они бывалые или дружки им наказывали. Наживались же они с лихвой — за бутылку зеки расплачиваются как за три, из которых одна уходит платой солдату, а там уж не разберёшь, всем получается хорошо. То ли баба караульного балует, доплачивает, то ли солдат даёт лишку, послужив такой твари, будто невесте. Тут и любовь, помянем её, сердешную, выворачивалась наизнанку. В городах, близких к лагерным поселениям, самые проворотливые из барыг сговаривались с шалавами, бродяжками или обыкновенно их спаивали, не давая уж продохнуть — и волокли по всей северной степи, не забывая потерянные совсем гарнизоны, чабанские точки, кочевья, а по скончанию путешествия, если девонька оказывалась жива, расчитывались. Вычитали за питьё, за жраньё, — так что из натруженных денег доставался ей, может, гнутый гривенник.

Загудели, загудели степные роты по такой жизни... Солдат мог запросто послать офицера по матушке, а то и морду побить. Никакой тебе муштры. И уставов не исполняли, до известных глубин, чтобы уж самим из охраников не перевестись в зеков. Этой вольной волей вышкари хвалились перед полковыми, которых начальники мордовали, что ни шаг. В полку драили сапоги гуталином по сто раз на дню, и даже пуговицы медные на мундирах заставляли до сверкания начищать.

Но всё же лагерной охране жилось тяжелее. Мог ты вдоволь погулять, но и тебя могли прибить, замучить, разгулявшись. Мог ты послать офицера, но тот же начальник, командир, заручившись с другим офицерьём, одной ночкой сделали бы тебя инвалидом.

А потом задыхайся по госпиталям, мочись кровью, покуда не спишут на гражданку дуриком. Или зазеваешься, загуляешься, и сдунут с тебя мигом погоны, пойдёшь на лопату, в дисбат. Зеки порежут или сопьёшься, обкуришься, пропадёшь... Пристрелишь зека неловко — тюрьма. Уснёшь на вышке утайкой — гауптвахта. Скинешь кирзовые сапоги, рванёшь не глядя на родину, домой — так добежишь в зону.

Командовал полком человек пожилой, если не сказать, старик. Могло показаться, что прибывал он на своей должности как бы по недоразуменью. Мужичок он был и смышлёный, и беззлобный, доброй закваски, но с годами одряхлел и сподличал, чувствуя, что вязнет в полковых делах. Давно выслужив полковничью пенсию, он никак не хотел утерять дармовщинку. Привык жить на готовом и черпать, сколько душе угодно, из полкового котла. Из таких бережливых соображений он цеплялся, как мог, за командирство и успел понаделать делов. Додумались и строевые офицеры, что в полку каждый сам за себя.

Приучились врать, докладывая начальству, и за серьёзные-то дела боялись браться — чуть прыщ вскочет, и давай рапортовать. И мало, что сидят в навозе, да ещё умудряются друг на дружку кучами класть. А полк по дням расклеивался, разваливался — все начальники, а правды и порядка нет. Но чудно, что жизнь в полку не взвинчивалась каким-нибудь штопором, а делалась разве тягучей и скучней.

В последнем времени безвольный обрюзгший полковник только однажды вмешался в ход полковой жизни — и приказал завести какую-нибудь весёлую живность, для людей. И этот его приказ был исполнен. Тыловая служба раздобыла тройку золотых рыбок в аквариуме и разноцветного диковинного попугая.

Аквариум установили в штабе, в том тёплом парадном закутке, где обреталось и знамя. Но одну рыбку из него по ходу уже успели умыкнуть. Тогда приставили к аквариуму караульного. И рыбки всплыли. Сам караульный не удержался и отравил их, посолив табачку. Ему было интересней поглядеть, как рыбки сожрут табак, будут мучиться и сдохнут, нежели маяться на посту, когда они часами плавали, сверкая золотой чешуёй.

Попугая командир полка запрятал в свой кабинет и оберегал лично, допуская солдатню только сменять под гадившей птицей газетку. Так как это был казённый попугай, додумавшись, он назвал его строго и торжественно — Богатырём, имея ввиду, что этот попугай — всё одно что новая в полку для всех жизнь, надежда и отрада. И ставя клетку на стол, подолгу с ним одиноко беседовал. Учил говорить и кормил из рук. Но спустя месяц Богатыря, уже выкликавшего картаво своё новое гордое имя, одолела вдруг чесотка. Вот затребовали начальника лазарета, который покрутив, повертев зачахшую птицу сказал коротко, как это бывает у военврачей: "Вши". Попугая немедля обработали ядовитым для насекомых раствором, искупали в марганцовке. Богатырь с неделю страдал поносом и тоже сдох в этом громадном бездушном полку.

СТАРОРЕЖИМНЫЙ АНЕКДОТ

Полковник дослуживал день. Под вечер душа его теплела и размягчалась, делаясь глиняной: он думал, что вот прожил потихоньку ещё один день. Походив по красной, похожей на лампасы, ковровой дорожке, которая расстилалась во весь кабинет, от его твердолобого стола прямо под порожек, он решил заняться гимнастикой — отжался торопливо три раза от пола и, вздохнув с облегченьем, прилёг на больничного образца кушетку, задумался.

В служебном кабинете царили голодное напряжение и пустота, будто это была огромная мышеловка. Кроме стола, стула, ковровой дорожки и кушетки в нём имелся ещё железный гробовитый сейф, где не хранилось ничего важного. А высоко на стене, так что приходилось задирать голову, висел Его портрет, в ширпотребовской золотушной раме. Временами полковнику мерещилось в этом портрете что-то живое. Совершенно так, как бывало с ним на рыбалке, когда он часами глядел на сглаженную покойную воду, но вдруг её гладь начинала двигаться, уплывать. Полковник читал газеты и доклады с очками, но отчётливо, до рези в глазах, различал всё далекое, начиная стареть. И его кольнуло, когда в конце рабочего дня, глазея бесцельно вповалочку на портрет, увидал он неожиданно сидящую на Его щеке муху, что делало изображение бездвижным и чужим, отчего и пребывать в пустом кабинете стало тягостно. Почти жутко.

И полковник встал и уже не сводил с портрета глаз, прохаживаясь неуклюже по дорожке. Муха так и сидела. Тогда он испереживался, свернул в хлопушку нечитанную ещё с самого утра газетку, и полез к портрету, взобравшись на стул. Его роста и высоты стула хватило только для того, чтобы хлопнуть по раме. Но сколько полковник ни хлопал, сотрясая пыльный портрет, эта муха ничего не боялась и не улетучивалась с Его щеки. Приподнятый на стуле полковник мог разглядеть без очков только чернильной формы пятно. Сползая на пол, он уже подумывал, что обознался: так точно, на портрете имело место похожее на родинку тёмное пятно!

Мысль о том, что он углядел на Его щеке родинку, даже приятно закружила полковнику голову. Ещё он отметил про себя, что открытие не было бы совершено, не полезь он на стену — никто другой в их штабе, небось, не изловчился... Но стоило спуститься и взглянуть издалека на портрет, как полковник опять увидал эту муху, вплоть до крылышек — и тогда нешуточно рассердился.

Вооружившись очками, заткнув хлопушку в карман брюк, он принялся сооружать у стенки нехитрую пирамиду: двинул через весь кабинет казавшийся неподъёмным стол, водрузил стул. И полез штурмовать, набравшись со злости и духу, и сил, так что мигом очутился лицом к лицу с Ним и прицеливался, нахлобучив очки, то ли на прицел её взяв, то ли под лупу — муху.

Злость в нём сменялась холодным расчётом. Требовалось уничтожить муху, но никак не повредить портрет. Вспугнуть её полковнику страсть как не хотелось и он весь изнывал, когда замахивался неудобно газетёнкой. Тут требовался хладнокровный бесстрашный удар. И полковник не промазал, но, опустошаясь душой, постиг, что ударил по сухарю: из-под газетки разлеталась от мухи только перхоть и кашлянула с портрета долголетняя пыль... Как раз в тот миг шумно распахнулась дверь и на пороге выросла хозяйская осанистая фигура начальника, толкнуть которого в этот неприметный кабинет мог только раздававшийся внутри, подозрительно громкий шум. Полковник был застигнут начальником врасплох, на месте преступления: и замахивался дико не на что-нибудь, а на Него, задумав с Ним что-то сотворить.

"Что-о-о?!" — раздался грозный испуганный окрик. И вот задрожали у полковника ноженьки, завертелось веретено в башке. Ещё имелась последняя возможность, доложить правду, чтобы хоть остаться в целых — и он залепетал, едва удерживаясь под потолком: "Муха залетела... Никак не мог... Согнать". Начальник обжигал взглядом, будто льдом. И по взгляду этому морозному полковник вспомнил то, чего и позабыть-то нельзя: что это был зимний день, за оконцем мглисто серебрился зимний воздух, месяц был январь, и ещё утром шагал он по хрусткому морозному снежку.

СМЕРТЬ ВОЕНКОРА

Редактор, он же корреспондент и корректор дивизионной газеты "На боевом посту" — пожилой капитан с лысиной, которую по настроению ехидно называл то жопой, то прожидью. Представлялся не по-армейски, а как Афанасий Иванович, разрешая так же обращаться к себе и солдатам. Но те за глаза называли его шефом или Лысым. Ему было за сорок. Когда шёл зимой по дороге, то обязательно не выдержит и прокатится по раскатанному ледку. Днём он обычно спал дома, а к вечеру приходил, напивался досыта коньяку, и тогда начиналась работа над номером, правки да вставки. А из штаба дивизии, верно, смотрели на его светящееся окно и понимали так, что человек днюет и ночует, думая о газете. Он же любил о себе вслух сказать, что, как и Пётр Первый, владеет многими специальностями и если терял от выпитого чувство жизни, то выстраивал наборщиков-солдат, муштровал и называл "вшивой интеллигенцией", хотя они ею не были, в смыле интеллигенции, а вшей-то всякий день давили, от нечего делать, разбредясь по разным углам.

Помещение редакции от типографии отделяла фанерная перегородка, за которой и сидел он, Агафонов, всё же невидимый и гнетущий для солдат, которые, если это было лето, били мух при открытом окне, тогда как начальник в поте лица работал. Сколько ни проходило через руки наборщиков его больших и маленьких статей, никто не помнил, о чём в них писалось. Запоминалось только, что началом полосных статей было "полигон встретил солнечной погодой" или наоборот "пасмурной" — по временам года. Своими материалами он заполнял ещё и газету округа "Дзержинец", иной раз в этой, нормального формата газете,выходило сразу несколько его статей, а то и передовица. И вот плодятся по-тараканьи его подписи — "И. Афанасьев", "А. Иванов"... Но все капитаны, хотя мог повысить себя в звании и подписаться "майор Агафонов", но это по праздникам, для души: жвыкнул удало комариком, приятственно поволновался.

Когда Агафонов уходил в отпуск или отбывал в командировку, то оставлял много заготовленного впрок материала. Был у него ревностно хранимый блокнот, куда он, разъезжая, записывал столбиком фамилии всех встреченных военнослужащих дивизии. И этот блокнот он доверял самому смекалистому наборщику, с наказом, чтобы тот вставлял в заготовки реальных офицеров и солдат, не забывая потом вычёркивать из блокнота уже использованные в газете фамилии.

Мечтой военкора Агафонова было создать книгу о Невском пятачке — о героической обороне Ленинграда. Думал, если создаст, то ему почёт будет с уважением и прописка в Ленинграде. Делал он эту книгу так: из разных генеральских мемуаров и выпусков фронтовых газет выкраивал куски, которым сам придавал форму и пропечатывал из раза в раз в своей газете, но книжным форматом. Так на дармовщинку скапливался заветный типографский набор, из которого мечтал он сотворить свой памятник о Ленинградской блокаде.

Но это же была муравьиная работа, которая тянулась уже множество лет. К тому же Агафонов дожидался, когда поумирают военачальники, из мемуаров которых он выкрадывал себе ленинградскую заветную прописку. Когда умер маршал Гречко, к примеру, капитан встал из-за стола, потянулся и сказал солдату, доложившему эту новость: "Ну и что ж, начальник умер, все мы умрём — и я умру, и ты умрёшь".

Агафонов эти годы таскался по округу, по бескрайним заштатным просторам от полка к полку и по гарнизонам, растрачивая свои полжизни, как командировочные. На местах верили, что он напишет о них в газету, но то, что ничего кроме фамилий после так и не являлось, делало капитана похожим на проверяющего. Наезжая третий, шестой и десятый разы в какой-нибудь гарнизон, давая самому себе задание от редакции, он был встречаем как разъездная инстанция, и потом хвастался своим солдатам, вспоминая: "Сила прессы такова, что здесь звания не играют роли. Какой командир полка стал бы с капитаном пить? А вот узнают, кто я, бегут за водкой. Все права у меня!"

Год дивизия завершала большими учениями в степях.

Офицеры из штаба скидывались и везли ящиками водку. Ночами охотились в степи на сайгаков, списывая расход боекомплекта на учебные стрельбы, и праздновали одну нескончаемую победу. Агафонов участвовал на правах "прессы" — никаких трат и взносов, зато ел и пил с майорами да полковниками поровну. К исходу учений военкор надорвался и заработал, что грыжу, перешедший из доброкачественного в злокачественный запой. Будто маркитантка, он откочевал в обозе какого-то богатого на водку полка, освещать его боевые будни. Тамошних командиров он через месяц начал уж стеснять, но тронуть его побаивались. Поглядели, что корреспондент не гнушается питаться в солдатской столовой, и успокоились. Ждали, что когда-нибудь уедет сам.

Поселили Агафонова в офицерской общаге, где какое-то время ещё наливали уважительно корреспонденту. Когда же Агафонов из доверия вышел, то продал с себя часы, заграничную авторучку, кожаный портфель — и просуществовал с неделю. Порывался он вернуться в Алма-Ату, доделывать "Невский пятачок", но никак не мог. И дело было не в средствах на дорогу, а в жадном, сосущем уж из самого Агафонова, его пиявистом принципе, что у прессы все права. Ему не наливали — он затаивал злость и жаждал до удушья выпить. Шагал в полковую библиотеку, как в свою собственность, изымал с полок какую-нибудь книгу поувесистей, на том основании, что он и сам писатель, где-нибудь по дороге книжную буханку сплавлял и напивался назло этим "вшивым интеллигентам", и начинал клеймить и проживающие в общежитии многодетные семьи, а особо ж невзлюбил он вредных, всегда трезвых офицерских жён.

В то время в этот полк наведался проездом ещё один работник печати — корреспондент из газеты округа, в которой сотрудничал Агафонов. Но окружная газета куда выше, и корреспондент рассчитывал на особый приём. Вместо того взбешённый комполка предъявил ему спившегося жалкого капитана да выматерил их обоих от души.

“Вы кто такие есть? Какого ж хрена вам тут всем у меня надо? Да я о вас такое сам напишу! А ну, привести себя в вид... А ну, глянули на меня... А ну, пошли вон”.

На вонючей грязной колымаге свезли их на станцию и ссадили на перрон. Агафонов что-то мямлил. Хотел выпить, но злой молчаливый попутчик не дал ему взаймы даже на пиво.

А спустя месяц в газете округа “Дзержинец” был напечатан крохотный фельетон, где корреспондент описывал кражу и пропитие неким командированным военкором книжек из одной полковой библиотеки — и не осталось помина от уже сброшюрованного частью “Невского пятачка”. Пропал и Агафонова след... Но обессмертила военкора его газета... Или так много заготовил он для неё материала впрок, или сама сочилась, будто березовым соком, но с того времени и до сих вы в ней прочтёте одно и то же. И являются подписи на бересте газетной бумаги, точно тайнопись всплывает — “И. Афанасьев”, “А. Иванов”; а по праздникам нет да жвакнет комариком под носом у начальства “майор Агафонов”.

ИСТОРИЯ ВОДОЧНОЙ ВЫШКИ

У водочной за шаг и зги не увидать, а на тропе двоим не разойтись, забор — так и плющит, что тиски. Вышка эта — место рисковое и гиблое, только с неё способно водкой торговать. В глуши, на отшибе всех постов и примыкая со стороны зоны к рабочей, а ночами вымирающей, нежилой и нерабочей, пустоши желдорсъёма, стояла вышка лагерная десятки лет, целую жизнь. Так что и до Карповича имелись у ней хозяева, и до Карповича служили.

Гроб, тоскливый для одного, который год и два втискивается в него, и стоит столбиком, отбывая сотни суток срочной своей службы, теремок этот в два аршина, поглотить смог столько судеб, что два аршина пустоты уж зияли да дышали, как живые раны. Дощатые стенки кругом были изрезаны, расковыряты томившимся тут народом — именами и охвостьями годов. Кто-то делал зарубки дней, а может так помечалась проданная водка. Но потому как не дозволялось вышкам обрастать памятью, и доски строго-настрого выскабливались, красились, оставалось только рябое их рыло да глубокие рубцы, неизгладимые ни скребком, ни краской.

Вот ведь Гаджиев. Этот туркмен вовсю на вышке барыжничал. Жениться хотел. А у них такой обычай, что если старший брат не обзаведётся, то младшему жены не дозволять. Старший же брат никак не мог скопить денег, чтобы девку из семьи выкупить, и Гаджиев за двоих выкуп собирал — за себя и за никчёмного брата. Службе конец подходил, а денег не доставало на двоих-то. И он выпустил из зоны зека за пятьсот рублей. Зек на воле человека убил, и поймался, а по его показаниям арестовали и Гаджиева.

Туркмена до суда содержали в следственном изоляторе, и от конвойников полковых, какие на этапных перевозках бывали, пришло известие, что Гаджиева в изоляторе за красные погоны урки обабили, а потом, помучив всласть, и повесили.

Тогда смерть туркмена мало кого в роте напугала, смеялись над ним, что купился на пятьсот рублей, бабай. Нашлись на водочную новые охотники. Слаще остальных сержантам за этот наряд подмазал Шумилин, он и заступил. Полгода на вышке выстоял, но погиб. Взял наперёд за водку большие деньги, а когда пригрели денежки, то и водку пожалел отдавать. Что ни ночь зеки закидывали его на вышке камнями, железяками, копышками из сварочных электродов. Заградсетки, какие полагаются для защиты караульного, отсутствовали у всех вышек — были да сгнили, так что привыкли служить без них. Шумилин не верил, что его убьют, бодрился, но как-то его с проломленным черепом на вышке нашли — успел помереть, истёк кровушкой.

И тогда водочной стали страшиться, и служить отказывались. Хоть кое-как с вышкой улаживали; кого уговорят ночку перестоять, кого отпуском даже заманивают. А были и такие, как Крот, блатарь ротный Кротов, всех заставлявший себя называть по имени-отчеству, Семёном Потаповичем. Его поймали с анашой, то есть подсунули ему анашу, чтобы исправить. Говорят, тебе одна дорога, Кротов, на зону — ты или служить будешь на зоне, на водочной, выбирай, или в зоне сидеть. Крот и отбывал срок на водочной, всю зиму. Обкуривался анашой, так что не боялся и не чувствовал мороза, а по ночам орал, как заклятье: "Х..й вам, а не Кротова, сами сдохнете!" А зеки требовали от солдатиков старый шумилинский должок, да ещё сверху, но никто не хотел за Шумилина расплачиваться.

Когда Семён Потапович демобилизовался, а он в ту зиму облысел, на водочную погнали прапорщиков, но ведь и жалко начальникам прапорщиков утруждать, они ж на зарплате. И пошагал, потопал на вышку Блакитный, его черёд наступил из сырости выползать. Терять ему было нечего.

Блакитный нажаловался, что сержанты едят котлеты.

Котлеты им жарили из того мяса, что не докладывалось в общий котёл. Он же об том не знал — если бы знал, то поберёгся. Он думал, что котлеты выдаются всем, и втёрся с тем вопросом, не утерпел, к офицеру — отчего котлеты не выдаются всем, если их сержанты едят. Сержантов отодрали без мыла, чтобы не воровали — но у начальства, жратву ведь только начальству полагалось воровать. Никто и не скрывал, как обычно скрывают стукачей, что с вопросом обратился рядовой Блакитный — вот рядового и опустили. На утренней оправке это было, сержант вдруг приказал Блакитному у параши залечь, говорит, окапывайся. Блакитный не понимал, что надо бы сдохнуть ему было, но такого приказа у параши не исполнять, пускай и звучит обычно. И вот залёг, а потом уж ему подняться не давали. Чуть рыпнется — под живот сапогом. Для начала сказали, что так будет с каждым, кто против сержантской власти пойдёт. Растолковали насчёт котлет, что если хочешь котлеты хавать, то заслужи и заставь, хитростью или силой добудь. А не сможешь, ложись у параши и подыхай. И всем было велено, чтобы оправлялись на него, так и Карпович не пикнул, облегчился, ненавидя за то Блакитного, что мочится на него.

Как он доходил, того не расскажешь. Попользоваться им решили начальники, открыли ему дорогу служить, толкнули на водочную. Но патронов к автомату на первых порах распорядился Блакитному не выдавать, чтобы чего не вышло, человечек-то в мучениях жил. Знали бы зеки, что патронов нету, только холостые — в воздух палить. Торговать водкой заставили Блакитного сержанты, но копеечка стала и к нему прилипать, начал для себя приторговывать. С зеками честный расчёт ввёл и с зоной за долги Шумилина с лихвой рассчитался. Но мочой-то попахивало от него, да сержанты не очень защищали, а только сколько могли обдирали. Блакитный платил, чтоб его не били. Платил за пропитание в роте, за спаньё — отъелся, отоспался. Котлеты хавал, но в ту котлету каждый мог плюнуть, как в парашу. Чем судорожней старался в люди выползти, тем глубже и окунали, поминая, кто он такой есть, тогда ведь сержанты каждого на него оправиться заставили, вот теперь и поминал каждый. Но Блакитный не пожелал больше терпеть — и застрелился, умылась водочная и его кровушкой. Вот и всё, чего он достиг, застрелился, как человек, а не удавился над парашей-то.

Карпович долго ждал, чтоб вышка высвободилась. Так уж рассчитал, что ему-то на водочной не сгореть. И чего сказать — случай был, какого доныне не выпадало. Взвихри он плату за водку, зеки и не пикнут, водка рисковей стала. Верно, и пить уж страшились, а не то, что добывать.

Карпович и вдвое больше торговать может, и в три шкуры денежек содрать. Думал, взять нахрапом — и бежать. В том он и силу свою чувствовал, что была у него цель — бежать. Могучей жилой станет водочная, и пускай потом спохватятся. Деньги в сапог — и рваться в больничку. Если словчить не удастся, то хоть голову разобьёт об стену. Главное, больничка, а там деньги и оживут, налипнут... Надо, чтобы признали негодным, инвалидом. Бежать, бежать! Неужто за пятьсот рублей не подмахнут? Неужто встанут пятьсот рублей поперёк горла, чтоб какого-то солдатика не упустить, вшивоту?

И времечко уж истекало, и всё сходилось, как высчитал Карпович, быстрей бы в больничку. Он чувствовал остро, всей болью, что зима приближается, настигает, — с того времени и чувстовал, как начали весной-то мучительно стаивать горы снега в степи. Зимы он боялся, от зимы бежал, нещадной, которую чудом на издыхании вынес, а больше не вынесет. Но всегда это был розовощёкий здоровый мужичок, ставропольской закваски. Исхудавший в зиму, не уменьшился он в росте, не сдавился в плечах, а сделался здоровее — крепче и жилистей. С дней своих первых стукач, всеми презираемый, Карпович не унывал и донос начальству употреблял не иначе как в свою выгоду, становясь неожиданно сильным, сам презирая солдатню да сержантов с подлой мстительной злостью. Когда в казарме он был в первый раз бит, то исхитрился измазать юшкой всю рожу, как если бы и не нос расшибли, а содрали кожу, притом упал замертво и до прихода начальника не вставал, не дышал. И бить Карповича до крови, по лицу уж боялись. Когда же устроили в роте молодым прописку и вколачивали в жопы звёзды с блях, то Карпович вдруг сам вызвался первым пройти это испытание, но чтобы те, кто бил, подписались бы, что он испытание прошёл, а не просто был избитым. Навроде как паспорт солдатский выдали. Ему же поверили, что как по закону хочет, и дали-то расписку — сами на себя показания дали. Дело было ночью, а наутро Карпович уж предъявил потрясенному начальнику бумажку эту неграмотную да всю в кровавых звёздах свою потерпевшую задницу.

Понятно, что и начальники его не очень уважали, а боялись, презирали как урода. Было не понять, кому служит он, в кого целит, куда метит. Он был человеком, способным на всё. Хитрость его была, как простодушие. Трусость, как мужество. Весёлость и бодрость лучились из него, точно из дурачка, но мерещились в них глубокие, даже выстраданные, неверие и злость. А угождал он, чтобы в нём так и видели — одни гниду, другие урода с дураком, как было и ему легче: но сознательно, уж и не дурак, и не урод, потихоньку этих людишек для себя истреблял. Мог он уже многое, но никак не позволял себе открыться, выпустить все желания свои и душу на волю.

Этой-то воли он страшился, и покой обрести мог отчего-то только с неволей. Сам того не постигая, казалось, только и в надрывной попытке слепить, защитить свой мирок, он так исхитрился и закалился, что оказался живучее всех — и не мог уж, выживая да выживая, остановить этого в себе молоха, освободиться. Всё, что делал Карпович, начинало служить какой-то одной цели, другой, ему уже непостижимой, заживо его пожравшей, и он ей подчинялся, будто своему страху, но то был Страх, и не человеческий, а сама она, Смертная Смерть.

ЖИЛЕЦ

От умершего своей смертью пьющего неприметного полковника освободилась однокомнатная жилплощадь в доме, где прописку получали только на время службы, и в неё бесшумно въехал холостой комендант офицерского общежития, так же бесшумно схоронив никому не важного одинокого пьяницу. За хорошую работу комендантом Анатолию Лыгареву удружили эту отдельную квартиру и брали на службу в особый отдел, а поручение справить умершему полковнику похороны было дано как в нагрузку. День бывший комендант провозился с гробом, погоняя двух неповоротливых голодных солдат из хозвзвода, что даны ему были для разгрузки и погрузки, и под вечер с кладбища поехал уже налегке не в постылое общежитие, а к себе домой.

Квартира кишела вещами покойника. Худое, бедное имущество досталось Лыгареву в наследство, и наутро он хладнокровно избавился от него, перетаскал в тюках на мусорку, вместо зарядки. Оставил у себя кровать, шкаф да жестяную коробку с престарелыми фотографиями и письмами; это были письма и фотографии женщин, с которыми полковник знакомился в лучшие годы в санаториях, но не заводил семьи. Полнотелые, белозубые, в возрасте — похожие на поварих. Но писали они каждая по-своему, то строгие и скучные, то умоляли о любви и вспоминали знойные южные ночи. Лыгарев читал и перечитывал эти письма, глядел на чужие улыбчивые лица, и начинал поневоле мечтать о женщинах, сам писал им в мыслях ответы — и видел, какие они были под платьями, белокожие, пышные, как зефирины. Кровать пришлось ему выкинуть несколько дней спустя, она не сгодилась, пропахла пожилым пьющим хозяином, дух которого из нее ни за что не выветривался. Из-за этого въедливого духа мертвецкого, что впитался даже в стены, Лыгарев принялся всего бояться и нервничал, будто б за ним следили. Но никак нельзя было отказаться от квартиры. Тогда, от страха этих прокисших смертных стен да из-за нервов, он и надумал, что ему надо жениться.

Обратился он к случайной и ненужной долгое время любовнице, неприхотливой сорокалетней женщине, ровеснице, зная отчего-то твёрдо, что именно эта, которая в первый же раз дала себя раздеть, как и тогда, не откажет ему, а ответит согласием. В прошлое время он был без квартиры, а женщина эта ютилась с матерью, отцом и молодой сестрой-студенткой, которую вся семья нежила да лечила от какой-то болезни кожи, так что Лыгареву опротивело слушать о прыщах и о том, как мало у них в доме места — прыщавую балованную девку стесняли даже гости. Он успел купить женщине в подарок в военторге полуспортивные туфли на резиновой подошве, съездил с ней по грибы и после этого леса, где она пожалела марать одежду на траве, озлившись, скрылся из её жизни. Но теперь у Лыгарева была своя квартира, свой дом и он имел в женитьбе душевную потребность: он боялся этих стен, желая разделить их хоть с кем-нибудь, чтобы избавиться от гнетущего страха и одиночества неприкаянной своей, ненужной никому жизни.

А перезрелая невеста тоже рассчитывала на малое — на крепкую надёжную семью. Светлана Ивановна была педагогическим работником и преподавала историю в средней школе, чем бескорыстно гордилась. Фамилия Лыгаревой гораздо больше подходила ей, чем своя, длиннохвостая и потому какая-то крысиная. Ей нравилось, к примеру, что Анатолий сирота. К тому, военный человек, непьющий и некурящий, как бы и нерусский. Ей нравились его целеустремлённость, жизненная сила, и она так рассчитала, что и Анатолий не красавец, и она не красавица, стало быть, они прямо подходят друг другу.

Светлана Ивановна, однако, была высокого мнения о своей образованности и называла себя не иначе, как "интеллигентным человеком", что давало право ставить себя всегда выше Лыгарева, а ей это было важно. Вот она говорила на уроках с глубокомысленным видом, важно: "Гитлер был фашистом". Или: "Владимир Ильич Ленин был вождём мирового пролетариата". А в учительской, встревая в женский трёп таких же, как сама, училок, говорила с гордостью: "Я не люблю мужчин". И ещё говорила, что есть плохо, а что — хорошо, и тоже себя за это уважала, будто знала то, до чего другие должны были расти и недорасти.

Они повстречались снова, будто по сговору. Не было упреков, воспоминаний — она только неожиданно торжественно ответила Лыгареву, что согласна быть его женой. Когда подали заявление, Светлана Ивановна наезжала после работы,что ни день — делала уборку и стирку, готовила еду и в одинаковое время уходила, ночуя у себя дома. Лыгарев томился, но после прошлого и сам отчего-то не мог решиться даже обнять свою бывшую любовницу, хотя она светилась знакомым ему ровным спокойствием, решимостью, и с полмесяца они встречались на квартире

Лыгарева, похожие на брата и сестру, а расписались за день до Нового года.

Этот праздник и хотел Лыгарев встретить, как раскупорить новую свою жизнь. А свадьбы, с гостями да гуляньем, не устраивали, что было семейное уже их решение, поберечь деньги. Те, кого позвали свидетелями, такие ж училка и дознаватель из особого отдела, выпили за молодожёнов по фужеру шампанского на квартире у Лыгарева, поглазели и разъехались. Лыгарев допил за ними бутылку шампанского, но не опьянел, хоть и желал. В первую брачную ночь молчаливо лежали и будто б ждали друг дружку, а потом Светлана Ивановна засопела, и уснул от усталости сам Лыгарев.

Наутро он проснулся и возненавидел ещё спящую свою жену. Ему стало жалко, что она будет проедать все заработанные им деньги и нарожает чужих ему детей, на себя похожих, тоже нахлебников до самой смерти. Было ему и стыдно, противно, что у неё больная прыщами сестра, которую семейка отправляет каждое лето лечиться солёной морской водой и солнцем на юга. Хоть сестры этой её младшей Лыгарев до сих пор в глаза не видал, но и было ненавистно слышать без конца о ней, о студентке, лечится которая морем да на солнышке. И ещё он ненавидел свою жену, что придётся с ней под одной крышей теперь жить, укладываться каждую ночь в одну постель. Нет у неё грудей. И одежды имела она в гардеробе всего три, в которых он всегда её, чудилось, и видел — полуспортивные ботинки на резиновой подошве, изношенный вельветовый плащик да какая-то в блёстках косынка, которую она как украшение повязывала на шею.

Проснувшись с такими мыслями, Лыгарев пересилил себя ради праздника, и прожил день в тоскливом ожидании конца старого года. В новогоднюю ночь семья Лыгаревых не спала — кушали вечный салат с варёной картошкой, яйцами, колбасой и молчали. Светлана Ивановна сделала наконец мужу замечание, что тот скребёт вилкой по тарелке, портя ей аппетит. Лыгарев вдруг сгрёб салат и швырнул ей всю пригоршню в лицо: "На, падло, жри". Женщина вскочила и бросилась бежать из комнаты, то ли похныкивая, то ли попискивая. Он сидел в пустоте, в квартирке было тихо — Светлана Ивановна точно б испарилась. Тогда он поплёлся за ней, чувствуя уже не злость, а тоску. Жена лежала на заправленной кровати с толстой книгой в руках. Лыгарев был поражён: она возлежала в том же платье, которое уже подчистила водой, а умытое лицо её светилось строгим покоем. Ему стало жалко себя рядом с ней. Он даже хотел, чтоб жена обняла его в то мгновенье, защитила, простила.

"Светлана! Что мне делать, как жить?!" — произнёс он с надрывом. "Не притворяйся, Анатолий, это отвратительно, — проговорила она глухо. — Мне безразлично, нравлюсь я тебе или нет, выходить замуж второй раз я не собираюсь. Живи как хочешь, но если будешь шляться по чужим девкам, пеняй на себя. Пойду к твоему командованию, потребую, чтобы тебя отчислили из армии, — и Светлана Ивановна снова отвердела, — да, из армии. Таким как ты в ней не место".

Лыгарев задохнулся и бросился на охнувшую тяжко жену. Он рвал на ней платье, заламывал руки, вцеплялся в булыжные грудки — и хлестал наотмашь по щекам, глядя в перекошенное трусливое лицо, и ему хотелось, чтоб она кричала и звала на помощь, а он бы рвал да бил её ещё больней. В пылу этого своего торжества, в самый разгар, Лыгарев неожиданно похолодел и сковался от страха: Светлана Ивановна, которую он долбил своей тушей, не сопротивлялась и не пыталась вырваться из-под него, как это ему чудилось, а сама прилепливала его к себе и с пугающей жадностью кусала его зубами, выкручивая кожу, точно б пыталась содрать шкуру или подвесить его в воздухе.

Опустошённый, он потом спрятался в одеялах, слыша сквозь их толщу шум воды, и уже явственней, в мёртвой тишине слышал, как жена увальнем проходит по комнате и залазит в кровать, и говорит вежливым чужим голосом в черноту: "Спасибо, Анатолий", — а потом поворачивается к нему спиной, на тот бок, что без сердца, как советуют спать врачи.

ПЕТУШОК

Прошло уже много лет, а я всё помню эту историю — про Петушка. С годами бестолковый, с матом смешанный рассказ, что слушал я одной ночью в чёрной казарменной яме, то и дело проваливаясь в сон, а под конец, и вправду, уснув мертвецки, делается всё неотступней и зримей. Отчего-то покоя не даёт этот Петя-Петушок. С каждым годом чего-то жду... Летом, когда призвался я и попал служить в конвойный карагандинский полк, прокатился по лагерным ротам слух, что казахи забили насмерть и порезали на куски близ городка Абай, в какой-то шашлычной у карагандинской трассы, русского солдатика. Болтали и у нас. Никто не знал ни фамилии, ни какой он был роты, этот солдат, ни деталей убийства. По воскресеньям отпускали до полудня в увольнительную, но из роты никто не ходил. Страшились слуха, хоть Абай был от нас километров за сто. Этот месяц летний, когда не развеялся ещё страх, помню хорошенько. До полудня по воскресеньям солдатня маялась. Бродили по казарме, по двору и зверели. Через этот чужой страх проклятый лишился и я однажды зуба. Потом только, на втором году службы вставил бесплатно в госпитале железный зуб.

Уже я дослуживал, живой и невредимый, как в роте появился Чумаков — отсидевший в дисбате шоферюга. После дисбата ему оставалось ещё год срочной службы. В роте не отыскалось у него ни земляков, ни одногодков, и хоть красовался наколками да сыпал свысока дробным воровским матерком — снова проштрафился, разозлил у нас бывалых сержантов и солдат, так что шкурку эту блатную пушистую с него чуть не заживо ободрали. Шоферня в дисбат заруливает по-известному, на бензине воровал или человека сшиб, а таких на срочной бояться не будут, пришлось и ему родине послужить. Про себя Чумаков оставался злым да крепеньким, словом, сукой. Перевоспитывал его в роте не я, а потому то ли он заискивал передо мной, то ли доверял. Охота была и ему излить уже без прикрас душу. А рассказал-то Чумаков о том лете, о том солдатике, о той шашлычной на трассе, под Абаем. И заныл железный мой зуб.

"Петушком" вместо Петра, нежно так, солдатика поминал сам Чумаков, да с ухмылкой — окрестил некудышного деревенского паренька как кличут на зоне пидоров. Но при всём при том, имел любопытство и ловко выпотрошил из него душу. Петушок был родом из Сибири, Чумаков рассказал — тот посёлок городского типа, где он народился, звался то ли Бычуган, то ли Мычуган. Отец, тракторист, зарубил у него на глазах мать, а когда опомнился, что убил, побежал и повесился в бане — так Петушок в одночасье осиротел, и с десяти годов жил в том же посёлке у единокровной своей, тоже пьющей и никудышной тётки. Образование его было "неполное среднее" со справкой — в школу еле-еле отходил до седьмого с половиной класса. Окончил курсы трактористов и работал до армии в родном лесхозе, а за мелкое воровство у граждан — лазил в погреба — состоял на учёте в милиции.

Чумаков шоферил в хозвзводе. Другие пахали по Караганде и области на автозаках, из тюрьмы в суды, из судов в тюрьму. Осваивали бронемашины и после не вылазили из них, похожие на чертей — озлившиеся, с ног до головы покрытые сажей и копотью. Кто возил начальство — драили по-моряцки командирские авто и умывались до блеска, даже чистили зубы, чтобы изо рта не пахло. А Чумаков процветал в цивильной приёмной хозчасти, где с утреца он и экспедитор Цыбин, молодой опущенный солдатами лейтенант — прямоходящий коротышка с крысиной мордочкой — ждали по полдня, куда отправит хозяин, зампотылу. Зевали, развалившись в списанных из штаба мягких креслах. Похабничали с вольнонаёмной Веркой-секретаршей, что хихикала дурочкой из-за конторки, будто б не понимала: Цыбин звал её в офицерское общежитие "покушать секса с изюмом", одного и того же. В день только и делали ходку — на строительный комбинат в область, то за кирпичом, то за черепицей или железом, а по дороге калымили да прожирали деньги в столовых, кафешках, шашлычных, в засаленных придорожных ресторанах. Зампотылу держал эту бригаду больше для своих нужд, по-родственному закрывая на многое глаза, но если наказывал, то запирал двери от посторонних и сам лупил Чумакова с Цыбиным резиновой милицейской дубинкой. Был в этой бригаде и солдат-грузчик, которого отобрал-подобрал хозяин, — взял из хозвзвода послушного работящего деревенского парня, уже забитого там нерусской солдатнёй.

Чумаков с лейтенантом катались в кабине. Место у Петушка было в жестяном кузове, который задраивался наглухо снаружи, и чего б ни возили, куда б ни ехали — терпел в этой утробе всю дорогу, сидя без воздуха и света на голых досках, как под землёй, слыша их гогот и вопли магнитофона. Когда калымили, то надрывался за всех Петушок, а Чумаков с Цыбиным даже друг с другом не умели поделиться, и потому прожирали все деньги.

Стопорили фургон на сколько попало времени, сами тишком уходили, так что Петушок, захлопнутый на засов в кузове, ждал по часу их возвращения, не сознавая, куда ж заехали и что происходит вокруг.

Раздавались их довольные весёлые голоса — фургон трогался. А бывало, Чумаков громыхал засовом и звал его, горланил: "Выходи, Петушок, освобождай хату!" Он послушно по-быстрому спрыгивал. Чумаков недолго обхаживал любовницу — помогал ей вскарабкаться. Кидал в темень бушлатик, оглядывался по сторонам и пропадал. У обочины топтался Цыбин и ждал своей очереди, от нетерпежу косясь на задраенный кузов. Петушок отходил подальше, не зная, куда себя девать. После этого дела Чумаков, как сам хвалился, "любил покурить". Добрел, угощал сигаретой, звал в кабину послушать музыку, и, гогоча, пересказывал молчаливому Петушку, что делает там лейтенант, за их спиной. Спустя время показывался одеревенелый помятый Цыбин и, нагоняя на себя строгости, командовал визгливым нервным голоском: "Чего развалились, вашу мать, тоже мне, солдаты! Поехали!" — "А ты не матюши, старшой, она, гля-ка, не тебя, короткого, рожала", — огрызался Чумаков и шагал тоскливо проверить девку. Пуская на волю эту попутную, отделанную, он ещё нешутейно раздумывал, подначивал прятавшего глаза Петушка: "А ты, братуха, хочешь её спробовать? Ну?! Ну, не хошь, как хошь, сказала вошь".

В тот день фургон хозвзвода отбыл из Караганды как только рассвело в долгую командировку в Джезказганскую область — в неизвестный, или ж в неизвестную — Агадырь: ехали, знали, что на металлический завод, за оборудованием для ремчасти. Достигли этого места, когда уж остывал летний знойный день, и оно встретило их громадной дырой неба, пустошью рыжей черепастой земли. Люди здесь не жили, а работали. Степной воздух поник едким бесцветным дымом. Следы гусеничные тракторов выпирали даже из зарослей репейников, как и обломки труб, арматуры. Завод отыскали по этим и другим следам. Двор у распахнутых настежь ворот какого-то цеха, куда загнали фургон, походил на заброшенное футбольное поле. Петушку, после того как отсидел всю дорогу запертым в кузове, двор этот виделся ещё огромней, так что захватывало дыхание, и он с уважением оглядывал чужое новое место, будто б очутился в гостях. Цыбин деловито пошагал внутрь безмолвного цеха, уже запасшись накладной, которую читал, бубнил на ходу, опущенный с головой в клочок бумаги. Чумаков, развалившись у фургона, угрюмо лыбился сквозь зубы: "Ну, ну... Поглядим, чего он там словит, на рубь или на два", — всё измеряя на километры, давно он решил про себя, что погнали их на край света не за пустяковиной, а за чем потяжелей. Поэтому он был такой угрюмый, волком огрызал сигаретку, которую только от злости и закурил. Спустя время выбежал, как на свободу, радостный вертлявый Цыбин, размахивая судорожно рукой, чтобы поворачивали в цех. "Вот, сука, чего у него там, хрен, что ль, достал слоновий. Слышь, Петушок, я мараться не буду, ты даже не жди. Грузи сам, надоели вы мне". Больше он не вылез из кабины грузовика. В гулком холодном цеху копошилось у верстаков несколько рабочих. Цыбин нетерпеливо ждал у поддона с забитым досками небольшим станком. "Есть где подъёмник? А почему не вижу, где лебёдка?" — покрикивал он вдаль на рабочих, и они дружно замерли неживыми у верстаков.

Припугнувшись, Цыбин кинулся на Петушка, стоящего перед неподъёмным для одного ящиком: "Чего встал? А ну давай мне, как хочешь! А где Чумаков? Рядовой Чумаков!" — "Поди у слона отсоси... — с гулом докатился голос. — Я водила, мне за баранкой положено... Вона, Петушка запрягай". Лейтенант растерялся, но через миг спохватился и заорал на Петушка, багровея: "Товарищ солдат, приказываю начать работу!" Тот навалился одиноко на затаренный станок. Поддон заскрежетал и чуть сдвинулся. "Вот так! Вот так!" — упрямо погонял Цыбин, не желая понимать, что солдат в одиночку не справится. "Эй, ты чего развоевался-то? Ты чего это? Ты это здесь кончай! Угробишь парня!" — заволновался кто-то из рабочих. "Да кому ты говоришь, это ж мудак в фуражке! — загудел цех. — Давайте, ребята, поможем! А ты иди отсюда, крыса, а то будет тебе лебёдка, так вот за мотню и подвесим!" Цыбин заглох и живо скрылся с глаз. Рабочие отыскали крепкие широкие доски и по ним, как по полозьям, поддон со станком тягали в машину — два рабочих из кузова подтаскивали на лямках, Петушок с ещё одним, пожилым толкали муравьями наверх. Когда ж рабочие, пошатываясь от усталости, ушли, лейтенант подбежал поближе, волнуясь, что они бросили помогать, но станок был загружен и закреплен канатом. Мордочка его просияла, он повеселел и даже засмеялся, довольный и будто б сытый.

Обратно несло фургон, как по ветру, и ещё не прожитый день, казалось, сгинул в памяти. Чумаков наугад съехал с трассы, чтобы не давать кругаля, а срезать по степи. Загудел одиноко ветеряка. Потянулись пышущие боками сопки, испечённые зноем, точно б пирожки. Они галдели и развлекались в кабине музыкой, как вдруг Чумаков приметил вдали катящийся меж сопок шерстистый белесый ком. "Гля-ка, Цыбин, шашлык бежит!" — "Да, шашлычком бы побаловаться", — помечтал пьяненько, в никуда, забывшийся на миг лейтенант. "Да я ж не вру, вона, целое стадо!" Цыбин встрепенулся, и у него вытянулась от удивления шея. Неповоротливые тучные овцы бежали. Их гнали серые, похожие друг на дружку собаки. Лейтенант разглядел трёх, бежавших поодаль от стада, тощих, всклокоченных, куцехвостых. Они задыхались, свесив из пастей размоченные слюнявые языки, и гнали овец прямо на фургон. "Давай задавим! — вскрикнул Чумаков. — Наедем, как случайно, гля-ка, никого ж близко нету, а подальше-то забацаем шашлычка!" Цыбин, которого терзала такая же мыслишка, — что стадо никем не управляется, только скуксился от удовольствия и забормотал: "Эх, и правда, пожрать, пожрать!" Когда Чумаков сорвался со степной гладкой стёжки и погнал фургон за стадом, лейтенант почти зажмурил глаза, чтобы ничего не видеть. Напуганные, овцы кинулись в страшной давке от мчащегося на стадо, ревущего фургона. Вой, истошное блеянье смешались в воздухе, ставшем удушливым. Овцы на острых копытцах карабкались по склону сопки, падая с неё, скатывались под копыта напиравших других. Цыбин что-то беспомощно прокричал в этом гуле, но Чумаков обрушил машину в их гущу. Овцы сдавили обездвиженный фургон со всех боков, приросли, точно мясо к костям, и казалось, что уже не вырваться из этого живого, сомкнутого намертво круга. Чумаков пнул дверцу и свесился, глядя под колесо: "Есть! Попались!" А потом выхватил из-под сиденья сапёрную лопатку, спрыгнул и без удержу принялся выбивать из овечьих шкур пылищу. Так растратил он все силы и разогнал овец шагов на десять от фургона. Закашлялся. Поволокся в кабину. "Цыбин, вылазь. Если жрать вместе, то и

9—3184

мараться вместе". Лейтенант, не помня себя, спрыгнул на землю. Вдвоём они вытащили из-под фургона раздавленную овцу и понесли, как мешок, сгибаясь от тяжести. "Петушок, вылазь! — навзрыд, не своим голосом заорал Чумаков, и загоготал. — Жрать будем!" Когда кузов распахнулся, Петушок, который думал, что это конец пути, выглянул, виновато улыбаясь, но от увиденного непонимающе замотал головой. "И этот баран не понимает. Чего мотаешь, не видишь — шашлыка надыбали. Теперь жрать всем не пережрать. А ну, прими!" Они поднатужились и завалили к нему наверх сочащуюся кровью тушу. Цыбин хотел тут же бежать, но Чумаков цепко схватил его и не отпускал: "Куда, сука?! Столько добра — и бабаям оставлять?" Он схватил и Петушка, и заставил всех работать. Но вдруг обуяла его мысль, что всего мяса не надо, и он с ходу надумал рубить подавленным овцам только ляжки. Туши стали снова бестолково вываливать на землю, топор же всегда имелся у него в запаске. Шатаясь, как пьяный, ничего не желая слушать, Чумаков пошагал за топором.

А овцы разбежались по степи и бродили. На месте давки, где теперь было свободно, валялись затоптанные их детёныши с чёрными углубинами животов. Раненые, выставив разорванные бока, дрыгали под себя копытами, точно хотели убежать со всеми. Когда успокоилось, объявились неожиданно те собаки. Они возвратились — за овечьими тушами. Одна стащила затоптанного овчарёнка. Добыча эта была тяжеловата для неё; она урчала и, упираясь лапами, как бы пятясь, тащила добытое за копытце. Уволакивая овчарёнка, она отчаянно озиралась на людей у армейского фургона. А собаки из её шайки только кружили вокруг, поскуливали, но не осмеливались подобраться к нему так близко, как смогла она, которая чуяла страшную бензиновую гарь, — и ползла, да ещё на виду у этих чужих людей. Когда ж она отволокла свою добычу от грузовика, то и вся шайка бросилась на овчарёнка, раздирая его в драке на кровавые ошмётья. Растащив куски, разбежавшись, точно бы в их урчащую от удовольствия свору швырнули камнем, собаки заглатывали каждая свой кусок, жадничали, оскаливались по первому шуму за спиной. А потом опять собрались и погрызлись уже за нежные розовые косточки, торчащие из овечьего остова... Казалось, и они гнали овец —

охотились, пожирали,как звери,добычу, но отчего-то не прятались от людей.

Чумаков побродил над овцами, приглядел себе одну — и схватил за ногу, дёргая, точно б думал ногу просто оторвать. А овца волочилась, и тогда, бросив её, он схватил за ногу другую овцу. Своя же нерешительная возня с овцами его разозлила. Со злости он замахнулся топором и как попало ударил. Овца, казавшаяся мёртвой, стала биться — она ещё не умерла. Чумаков, будто выдёргивали у него эту овечью ногу, принялся тянуть изо всех сил на себя да рубить её уже безжалостно в ошметья. Петушок зябнул за его спиной на ветру без дела. Цыбин спрятался, забился в кузов.

А невдалеке из-за сопки показались люди. Они тащились на заморённых кобылках, сильно отставая друг от друга. На глазах Петушка один из них свалился. Тогда другой навьючил его на лошадь — и, с трудом забравшись на свою клячу, тут же свалился с неё сам. Упав с лошади, он ухватился за кобылью гриву и кое-как поднялся. Задрал пьяную башку в небо и опять свалился. Поднявшись с земли и на этот раз, он, не пытаясь больше взобраться на свою кобылу, ухватил за поводья её и ту, вторую конягу, на которую навьючил ещё раньше бездыханного дружка, и поволокся неотвратимо к фургону, точно его оттуда окликнули. Столкнувшись с фургоном, уставился на него равнодушными с самого рожденья глазами. Затем оглядел свои замаранные портки, утёрся. Почуяв передышку и то, что земля, наконец, не ходит под их смолоченными копытами, лошади задремали, то окуная под себя, то вздёргивая мохнатые войлочные головы. Обе кобылы, казалось, долго пролежали зарытыми в земле. На них не было никакой упряжи, кроме верёвок на истёртых в кровь шеях. Вместо сёдел на спинах их были перекинуты ватники, стянутые под животами теми же верёвками. Рукава ватников свешивались по раздутым кобыльим бокам и болтались при ходьбе, точно обрубки крыльев.

Чумаков, покуда они приближались, забросил в кузов топор, порубленную овечью ногу — и кинулся заводить фургон. Как ни орал он, ни звал — Цыбин прятался глубоко в кузове, где валялись, позабытые, ещё две овечьих туши, и не решался из него выползти, будто на выходе его ожидал конвой. Он заходился дрожью от одной мысли, что они натворили, и жалел себя навзрыд, так что даже мычал. Эти двое, которые застигли их в степи, пьяные пастухи, казались лейтенанту здоровыми и опасными. Петушок остался стоять на их пути, не зная, куда бежать, но и чувствуя, что нельзя бежать, бросать остальных. Чумаков же резко подал фургон назад — и тот увяз в суглинке, истошно ревел и буксовал, пойманный, будто в капкан.

Пьяный пастух поглядел сквозь Петушка и чего-то замычал, потребовал, обведя кругом скрюченной рукой. "Это не мы, дядечка... — заскулил боязливо Петушок. — Это они сами нам под колёса". Казах, заметив под ногами дохлых овец, свесил голову — и долго глядел будто б в землю. Мужик он был и крепкий, мордастый, но блеклые больные губы, глаза даже не старили его, а мертвили. Под куцей и прожжённой местами солдатской шинелью, которая подпоясана была внахлёст нагайкой, виднелся самовязанный грубый свитер, добротная и домашняя из всего его одеяния вещь. На голову была нахлобучена сталинка, армейская или арестантского склада ушанка на рыбьем меху. Петушка заворожила его запущенная борода; росла из-под горла, воткнутая хворостинным пучком, похожая на ссохшийся рыбий хвост, и воняла воблой — была не седая, но грязно-белая, будто выкоптилась.

Казах разглядывал и павших, подавленных овец. Корча ещё живых из них не смущала и не удивляла его глаз. Было только видно, что и ему жалко проходить мимо горы этого дармового, чудом взявшегося посреди степи добра. Он не подумал и того, что овцы могут принадлежать военным людям, и распоряжался всем, точно хозяин в своем сне. Не ожидая отказа, потребовал, чего захотелось в эту минуту: "Дай закурыт!" Петушок не понимал, как можно ему отказать, и чуть отстранясь, протянул казаху своё курево. Тот помял бестолку, выпятил от недовольства губу — и Петушок чиркнул спичкой, быстрёхонько поднёс огоньку. А когда казах запыхтел цигаркой, как это и бывает во сне или по пьяни, не чувствуя от курения никакого вкуса, а разве приятную блажь, то сказал из жадности, с какой-то задиристой злостью: "Всё курыт мне отдай". Петушок не раздумывая отдал всю измятую пачку дешёвых болгарских цигарок. А со спящей подле фургона лошади свалился навьюченный на неё и до того забытый человек. Оживший, он отполз на карачках подальше от фургона и уселся, мыча, как дитя, нечто жалобное и бессвязное. Этот был русским, каких после освобождения много нанималось за водку и харчи на чабанские точки. Одет и обут он был, как казах. Только под шинелью его изнашивался не домашней вязки свитер, а казённая роба грубого сукна. Шапку, должно быть, потерял по дороге. По жёстким колючим волосам опять же распознавался зек, которого наголо стригли от весны до весны. Крепли, как свиная щетина. И то, что он был приземист, костист, выдавало зека — как бараки в лагерях проседают, так врастает в землю, сдавливается и человек. Для того ли, чтобы не мычал, казах сунул дружку в посиневшие губы раскуренную цигарку. Затянувшись, тот успокоился и провалился в забытьё, а цигарка сама собой дымилась в расщелине рта.

И лошади, и овцы, и волки, и люди были одиноки в степи и усталы, как один обречённый народ. Вдруг из кузова послышался пронзительный жалобный шёпот: "Убирай их, Петушок, а то поздно будет!" Тот обернулся и вздрогнул, увидав лейтенанта. Цыбин выглядывал из темноты, весь перекрившийся и съёженный, и протягивал на вытянутой руке топор. "Топориком, топориком", — подучивал он торопливо Петушка, как если бы тот растерялся, не зная, чем бить. Петушок оглянулся на казаха, а потом уставился на лейтенанта, продолжавшего шептать: "Этих свидетелей нужно убрать... Они нас запомнили... Никого же нету, кроме нас".

Петушок перехватил из его трясущейся руки топор и пошагал послушно на казаха. Встал, переминаясь с ноги на ногу, за сутулой его спиной. Он будто бы примерялся, как его ударить. Оглядывался на Цыбина, точно б лейтенант должен был это на пальцах растолковать. Петушок было и замахнулся, но ничего у него не получилось — опустил топор. А казах не оборачивался, шёпота не слышал и ровно ничего в этой степи не боялся, точно и был в ней один. Он снова взял за поводья свою кобылу и потащился самому неизвестной дорогой, забыв о дружке. Кобыла, с которой тот свалился, побрела за казахом, очнувшись от сна. Петушок глядел на казаха, на хвосты измученных кобыл и мало что успел понять. Цыбин вылез наконец из своего укрытия и бросился к забытому русскому, но только и отволок его за шиворот подальше, чтобы, даже распялив глаза, тот не смог ничего увидать.

Под колёсами фургона замесилась настоящая каша. Цыбин с Петушком налегли — тогда только он отчаялся, рванул! И разбуженный гулом и рёвом пропойца, снова замычал, грозил кулаком вослед фургону, который увидал мчащимся между небом и землёй, в огне и дыму, не иначе, как ракету. Быть может, ему почудилось, что в этой ракете уносится весь мир; все его похеренные овцы, трава, пастушьи дружки, жратва, курево с водкой... А его оставили одного на пустой обглоданной, что кость, земле. И он мычал, ещё не соображая, как это страшно — остаться совсем одному: "Кана-а-ат, с-сука ты, забери меня-я-я". Чумаков сам выскочил из кабины, затолкал в кузов чего-то ещё дожидавшегося с топором за поясом Петушка и запер его там, страшась теперь всего, даже своего дыхания.

В страхе, что за фургоном погонятся, они домчали до трассы, где Чумаков волей-неволей сбавил скорость и дал себе отдышаться. Лейтенант бесился в кабине, пойманный как в клетку — кидался отнимать у него руль, грозился сдать в милицию, а разок даже распахнул дверцу и хотел выпрыгнуть. Чумаков не удержался и ударил его наотмашь по лицу. Сам он бешено соображал, что делать. Две овечьи туши не успели скинуть, и будто б два трупа гнал он в фургоне неизвестно куда. Шашлычную на трассе он увидел внезапно — и заныла в жилах кровь, вспомнил зло про шашлычок. Но стоило Чумакову испытать это злое чувство, как из скорлупы его и вылупилась последняя роковая мысль.

Фургон затормозил на обочине прямо вблизи дымящегося, шкворчащего бараньим салом мангала, который вынесли здесь для соблазна на воздух. От голода за Чумаковым увязался и Цыбин. В шашлычке барыжничал жирный, сам похожий на барана, казах, и родственники бедные — человек пять — и все, как на одно лицо — сновали муравьями у него на подхвате. Глядя на русских солдата и офицера, потасканных да измаранных, казах чуть брезгливо выслушал солдата, но молчал так, будто по-русски не понимал. Чумаков сбивчиво, пряча от него глаза врал, что они подавили на дороге двух овец, но потом оплатили хозяину бензином, а теперь не знают, куда их девать, и отдать могут в шашлычку по червонцу за штуку. Казаху хватило понять, что овцы были ворованы, — и он молча решительно показал растопыренную пятерню. Чумаков сдавленно пробурчал: "Это как понимать, хозяин, не за десять, а по пять?" Казах подумал в тишине, и вобрав отчего-то все пальцы у них на глазах в кулак, согласно кивнул головой. "Товарищи..." — заикнулся попугайчиком лейтенант. Но выражение лица казаха изменилось до безжалостного, и Чумаков бессильно сдался. "Мы согласные, только это, ну, ты понял, хозяин... нам шуму не надо".

Чумаков, оглядываясь по сторонам, воровато провожал хозяина и ещё двоих к фургону. Цыбин отстал, как непричастный, радуясь, что никто его не позвал. Казахи шумно что-то обсуждали и тоже оглядывались. Что наступило после, рассказал Чумаков обрывками. Он сам не понимал, как всё это могло произойти. Казахи сами полезли, не понимали, а шумели, ломали почём зря шпингалеты, которые только и надо было, что щелчком одним сковырнуть. Чего там Петушку померещилось, а только он, когда кузов раскрылся, полетел на казахов с топором. Под топор попал хозяин, жирный тяжёлый казах — башку его разломило на глазах у Чумакова, как полено. Но Петушок, когда безголовое туловище свалилось ему под ноги, будто ворона вцепился клевать его топором. Все, кто был у шашлычной, взвились и кинулись врассыпную, бежал и Чумаков, а ловила, отыскивала их по всей трассе милиция, когда уж давно сковали Петушка, а тот никуда и не убежал, даже не пытался. Шашлычная долго пустовала без людей. Какой-то шоферюга завернул спустя час, наткнулся на эту кровищу, погнал — и тогда только поступил сигнал, когда попался ему первый на трассе свистун. Топор валялся на изрубленном трупе хозяина шашлычной, а самого Петушка милиция обнаружила спящим мертвецки в распахнутом настежь кузове...

Чумаков получил два года дисбата, проштрафился по-обычному, как водила, а за тех овец, которых подавил он в степи, отвечал сам колхоз, где у пьяных пастухов волки среди бела дня загрызли собак и отбили стадо. Лейтенанта Цыбина вовсе не судили, отделался испугом. Петушка ж больше года содержали в следственном изоляторе, а осудили на пятнадцать лет строгого режима — нашего полка солдаты конвоировали на этап. На очной ставке Чумаков слышал, как разок он проговорился, что изрубил казаха для того, чтобы тот не кричал, вроде как, чтобы не мучился. В тюрьме, рассказал Чумаков, не опустили его сокамерники, а даже прижился. Мне было не утерпеть, и я тоже порассказал, какой слух напугал нашу роту два года тому назад и что лишился я через это зуба, — и Чумаков впервые за все дни, что я его знал, просиял и долго, счастливо, до спокойствия полного смеялся. "Вона как, а я-то не знал, значит, казахи это покромсали Петушка? А зуб-то, а зуб?! Ну и параша, ну и купили ж вас! А вот я из-за него, два года... А вот я видел, как он казаха уделал... Моя б воля, я б ему вышку за это. У него глаза, знаешь, какие были, глаза — не рубь, а два! А на зоне походит, и не первым этот будет у него. Ему только и надо было — крови нюхнуть. Мне с ним и на очной страшно было, а не то что! Помню, как глянет, деревня, мужичок грёбаный, так не дай боженька. Не рубь, а два!"

ГНУШИН И МАРИЯ

Дня семнадцатого, месяца октября в шестой караульной роте повесился молодой солдат, да не из простых, а студент из Москвы, москвич. Болезней за ним записано медициной не было, но успел надоесть офицерам жалобами на боли в сердце и затравленно бледнел да молчал, как больной. Командиру шестой, Гнушину, даже военмед советовал опасаться этого студента и задвинуть от греха подальше писарем или в подсобное хозяйство. Но был Гнушин странным человеком, будто б тугим на ухо или слепым, и когда его остерегали, только стойко молчаливо выслушивал, а глаза, немигающие, стеклянистые, глядели голодно вникуда.

За много лет службы Гнушин превратился для людей в обузу, как бывает, что начинает мешать задубелое дерево другим деревцам, которые растут и разрастаются. Ничего особого он не делал, просто жил, и если оказался среди людей одинок, то одиночество такое глухое заточал он и сам в себе, в своей душе, где за всю свою жизнь бережно скопил мелкие и большие обиды, ни одной не забыл. Под рукой у него всегда ходила-ковыляла собака, покалеченная караульная овчарка, которую года как два расшибла пуля — стрельнул дураком солдат, перезаряжая на бегу автомат. Овчарка жила при ротном командире, как при родителе, была и Гнушину родной, потому что сам вынянчил её ради непонятного интереса, обречённую пойти в расход. Эту инвалидку командиру со временем тоже не могли простить, стала и она бельмом на глазу

— корми её лучше остальных овчарок, это служивых-то, и не посмей чем обидеть или обделить. Смиряйся перед ней, будто она хозяйка в роте. Овчарка ковыляла подле Гнушина, стелилась за ним чёрной хромучей тенью, и было чувство, что глядит на строй солдат, как надсмотрщица — зло липнет глазками, ловит каждый звук. Гнушин примечал эту её повадку и втайне любовался, какой непререкаемый порядок наводит овчарка, как если б это он сам внушал солдатам почтительный страх.

Долговязый, высушенный степными солнцами до песочного, желтушного цвета лица, такого страха сам по себе он, однако, не внушал. Если б не стало обрыдлым даже видеть ротного командира, то можно было б на каждом шагу смеяться, глядя на эту неуклюжую, при всей худобе, фигуру с рожками серых пыльных волос, что облепляли жилистый сухой череп, будто б перья, и выбивались наружу из-под фуражки, как из драной подушки. Вид его был нелепым ещё и потому, что ходил Гнушин неопрятный, не знал женской заботы да ухода. Другой офицер в отутюженной женой рубашке — как в лёгкой тонкой простынке. А у Гнушина даже армейская форма походила на шитую из свинца — так тяжко она на нём висла, давила, па́рила до седьмого пота.

Гнушин, чудилось, отвык от людей. Единственный человек, который оказался у него в приближении да понимал его с полуслова — бывший надзиратель по фамилии Иванчук, тоже походил на овчарку, только был, пожалуй, глупей. Надзирая в лагере над зеками, Иванчук давно прославился среди многих своей жестокостью, но сходило ему до поры с рук. Кончилось тем, что он забил насмерть заключённого в штрафном изоляторе. Иванчук там дежурил, и совершая обход, был пьян. Он ходил ночью и дубасил по железным дверкам, лишая штрафников сна, потому что самому не спалось. А зеки-то терпели, не подавая голоса, что его ещё крепче обидело. Он тогда вывел первого попавшегося — и принялся в своё удовольствие лупить. Но зек попался такой, что назло ему не проронил ни стона. Огорчившись, что силу его не уважают, Иванчук и шибанул штрафника головой о бетонную стену, так что треснул череп у того, будто арбуз. Дело это наспех замяли. Иванчук наутро накарябал, как ему приказали, что заключённый во время его дежурства совершил самоубийство путём разбития головы. Вкладывая в ломку арестантских костей всю душу, Иванчук не знал меры — с зеками торговать да у зеков воровать. Иванчук же был дураком, у него не хватало умения продать в лагере за рубль то, чему на воле цена была копейка. Он не обчищал, а вырывал с мясом, чуть не убивая за копейку людей. Вот он стоит, сопит в ноздри, выпучивает бесцветные пузыри глаз, и сам начальник лагеря рядом с ним забоялся, а точно затвердил, что он есть начальник, что его нельзя пальцем тронуть; а не хлопнет ли без разбору, дурак?

Где служить, ему не было разницы, а Гнушину и сделалось с ним покойно, хорошо. С первых дней Иванчук слушался своего нового начальника беспрекословно и даже силился ему угодить, усердствовал, чуя по-звериному, что от этого человека зависит теперь его судьба. Они вместе выпивали в канцелярии, когда наступало время после отбоя, при том Гнушин воодушевлялся и орал целые речи, а Иванчук уважительно утихал, делая важное лицо, которому командир и вверял свою душу, будто иконке.

Командир жил в пристройке для офицеров, тут же, в расположении роты, занимая отдельную квартиру на втором этаже кирпичного флигеля. Гнушин находил не раз, что из квартиры пропадали понемногу продукты, сигареты. Или исчезали с буфета копившиеся от получки медяки. Долго он заблуждался, морочил сам себе голову и не пытался вникнуть в эту тайну поглубже. Замок не имел следов взлома. Исчезало столько, будто б залетели, поклевали со стола птички, но птиц и не водилось в здешней степи. Однажды он додумался, защемил форткой и дверью две невидимые для чужих глаз нитки и таким способом наконец обнаружил, что лазят в те сутки, когда он отсутствует, в карауле, и лазят через окно.

Воровали, и Гнушин это понял, солдаты, свободные в сутки его дежурств от караула, кто-то из второго взвода. Пропажа по штучке сигарет была едва заметной, но мысль, что его дурачили молодые нагловатые пареньки, была Гнушину нестерпимой. Они наткнулись на захлопнутую форточку и в тот же раз справились с крючком, снова пролезли в комнату. Тогда, уходя на сутки, стал запирать в комнате овчарку, но уже не выдержал сам — она выла и гадила. Воротясь из караула, он звал дневального солдата убрать в комнате дерьмо и ссанину. Дощатые мытые полы воняли до ночи этой сыростью, так что мучительно было засыпать. Пока командир терпел это унижение, все чувства его оказались в роте на виду. Кто воровал, однако, не образумились, и как только он убрал овчарку за порог — снова в комнату кто-то наведался, пошебуршил в ней крысой.

Гнушин смог сознаться только Иванчуку. Услыхав, что у хозяина воруют солдаты, Иванчук даже пережил потрясение, точно б и у него оказалось что-то украдено. Покрылся свирепыми пятнами, набычился и не в силах был такого понять. Пьяненькому командиру хватило духу, чтобы растолковать Иванчуку всю эту затянувшуюся почти на месяц историю. Иванчук высказался единственный раз, и слова его уже приговорили солдат: "А вы переживаете, переживаете за них, как за детей родных, а они вам срут. Не-ет, этих я крыс передавлю. Будут эти сигареты жрать, а если не полезет — утрамбую".

После отбоя Иванчук принялся за работу. Казарма улеглась и отмерла. Только в ротной канцелярии горел свет. Там ждал торжественно Гнушин, не зная ещё, какой подарок ему готовит бывший вертухай. Началось тихо. Иванчук без шума поднял одного бывалого солдата, сказал одеться и повёл за собой, но только перешагнули они порог канцелярии — как оглушил по голове. Солдат от неожиданности даже не смог вскрикнуть, скорчился. Покуда мучила его и корчила боль, Иванчук запер не спеша дверь, сжал таинственно в кулаке у того на глазах блестящий ключик — и снова молча ударил. Гнушин пересилил в первую минуту волнение и накричал уже с какой-то обидой на ничего не понимающего солдатика, припёртого ударами к стенке: "Что, страшно стало? Страшно без дружков?!" Этот выкрик ободрил Иванчука и будто б развеселил. Ему пришло на ум погасить в канцелярии свет, так что осталась гореть только лампа на столе командира. Помещение окунулось в нежный полумрак и тишь. Лапма вспыхнула ярче, горячей. Иванчук наставил раскалённое это око на затравленного паренька и весело приказал: "Р-р-ра-вяйсь, крыса, смира-а! Не моргать! Глядеть сюда! Кто ворует у товарища командира? Ты или кто? Какие их имена?" А тот долго упирался и не выдавал своих, покуда не прошло часа, а то и больше, и он изнемог, понимая, что эти двое никуда не спешат и ничего не боятся. С лица его лилась на грудь кровь. Иванчук после каждого удара утирал теперь руку полотенцем, а потом заматывал в него кулак и бил, как в боксёрской перчатке, что понравилось ему даже больше, чем на живую. На живую стало ему тяготно, а так, набалдашником из полотенца — будто б отдыхал. Большой мужиковатый солдат уже стоял перед ними на коленях, прося пощады, уже сжевал безропотно сигареты, которыми набил ему Иванчук "на халяву" полный рот, уже рыдал и плакался, когда тот их "утрамбовывал" — и наконец сознался, назвал, издыхая от страха, какую-то нерусскую фамилию. "Ну, во, молодцом, рожу умой, и пойдём найдём эту крысу", — довольно заулыбался Иванчук.

Он взял фонарь и кликнул для важности овчарку, которая с некоторых пор слушалась его, как самого командира, разве не ластясь и отчего-то не любя. В казарме Иванчук ходил по рядам коек, высвечивая из темноты усталые лица спящих. За ним плёлся солдат, и опознал скоро он чью-то рожу, по которой полоснул свет фонаря: "Это он". Иванчук постоял молчаливо над спящим, подумал. Сказал дожидавшемуся солдату шепотком: "Пшёл в койку... А товарищу начальнику что поперёк сделаешь — убью заживо". Подождав, когда этот уляжется и сделается тихо, Иванчук толкнул развалившегося на койке нерусского солдатика в бок. Тот что-то зло забурчал, отчего Иванчук легонько шлёпнул его по щеке и задрожал гремучим из души голосом: "Тихо, черножопый, тихо". Солдат привстал и застыл, кривясь от слепящего лучика, бьющего в упор в глаза. "Начальник звал, есть дело до тебя. Ну, чо лежишь? Я чо, не ясно сказал?" Узбек пугливо вскочил на ноги, потянулся за сапогами... "Брось, неча полы грязнить, щас вернёшься..." — позвал за собой Иванчук и снова молчаливо, торжественно сопроводил подсудимого до канцелярии, где творился уже глубокой ночью этот суд.

По масляной стене канцелярии тащился бурый след, и на полу плавали в полутьме болотные пятна. Гнушин снова разволновался, отчего напялил на голову фуражку и сидел за столом как истукан. А Иванчук перемалывал у него на глазах солдата за солдатом. Было неожиданным для него ударом, что их оказалось так много — не один и не два выродка, а череда новых разных лиц. Никому из них он не сделал плохого. А они сговорились и обкрадывали, залазили такими вот ночами в его дом. "Ты у кого копейку воровал, крыса? А ты на сигареты заработал? Покурить захотелось, а чо, товарищ командир — те отец родной? Чо ты по карманам лазил, падлюка? Падлюка! Крыса!" — зубрил без умолку Иванчук, так что начинало железно скрежетать в ушах. Каждого он доводил, даже стойких поначалу, до неуёмного утробного плача, каким орут голодные младенцы. Гнушин вскрикивал и останавливал Иванчука, отпуская с последним словом из канцелярии наказанных солдат, которые так и не постигали, что мучились всего-то за десяток ворованных сигарет. Во время же суда все они вымаливали у Гнушина прощения, но тогда-то он и зажигался пылко речью, которую полнила ожесточённая боль, даже выжимала у него самого мучительные слёзы из жалких собачьих глазок. "А если я тебя вдарю — простишь?" И стоило солдату промычать что-то молящее, как Гнушин не хотел этого слышать и вспыхивал: "А ну-ка, всыпь ему по мордасам, Иванчук! Что, прощаешь? Ты слыхал, Иванчук?! Всыпь-ка ему ещё... Он простит!"

Через канцелярию за ночь прошло с дюжину солдат. Суд, казалось, выдохся, но вместо сна и отдыха Гнушин вдруг захотел увидеть, потребовал, приказал доставить ему "этого вшивого студента". Иванчук никогда ещё не имел дел со студентами, ничего про них не знал, а потому почувствовал себя обманутым, как если б нагрузили ненужной опасной работой. "Да чо его, тормозного этого, возни тока". — "Кто ты такой? Что ты понимаешь?" — не желая слушать, вспыхнул истерзанный командир, так что бывшему вертухаю против воли пришлось умолкнуть и шагать снова в казарму, на солдатскую, обрыдлую за ночь половину.

Гнушин успел задремать и уже с тягостью разглядел перед собой студента, съёжился, как от холода. "Так это вы, товарищ солдат, жаловались военврачу... Могу вам сказать, что я не люблю жалобщиков, и это... всю вашу вшивую интеллигенцию". Терпеть студента до смерти ему опротивело, был это самый бесполезный, но и вредный солдат — чужеродный, непонятный, таящий в себе что-то ядовитое, будто б жало. "Так это что же, товарищ, вы лучше остальных? Белая кость? Ум нашей эпохи? — привязался к нему занудно Гнушин, употребляя самые нарядные слова, какие роились теперь, как на празднике, в гулкой его башке. — Мы, выходит, тут все недостойные вас? Да вы, вы..." Командир задохнулся от слов. "Дай ему, Иванчук, чтоб не молчал! Нет, погоди... Нет, я ему ещё скажу... А ты, студент, чего морду воротишь... Ты вот мне скажи, почему брезгуешь? Все вы, студенты, горазды писать, учить... Напишет красиво, а сам такой жизнью брезгует. Вы там в Москве уму набираетесь, учитесь, понимаете, что к чему. Но вы эту правду не говорите, не-ет! Ты вот, студент, даже не попал долг выполнять, а сердце уже испортилось, заболело, даже так тебе не нравится, когда умирать за родину не надо. А почему? А потому что рядом с простыми. Я тебе и не нравлюсь, от нас тебе и тошно так, от жизни нашей. Но я вот тебя и спрашиваю тогда, гада, задаю ясный вопрос, раз ты выучился и умный такой — почему же я так живу, что и жить-то не хочется?! А тебе вот хочется, жить-то?!"

В то мгновение студент задушевно проговорил, что он занимался не этим, а химией. Иванчук развалился на стуле поодаль, дремал, и ни разу его не тронул. Слова пугали студента отчего-то покрепче кулаков, так что можно было уже и не бить. "Химик? Химичишь, значит? — растрогался от его жалкого вида Гнушин и произнёс: — А если ты химичишь, то добейся, чтоб людям, людям сделать легче, а не себе там в Москве. Вот везде в мире студенты высказывают своё мнение. Я в газетах читал — заживо себя там жгут. Ну, а вы чего там в Москве? Да вы только начните... А мы уж за вами! Вот тогда мы скажем — нате, берите наши жизни, дорогуши, пользуйтесь! Но вы ж всем довольны. Что вам наша жизнь? Кто мы вам?! Пьянь, рвань, дрянь".

Студент порывисто, хрипло задышал от смятения, думая, что теперь из него уж точно пустят кровь. Но с пьяной, тяжёлой тоской Гнушин разуверился вдруг и в студенте, как если бы хотел ошибиться, но только подтвердил свою правоту. Он застыдился сказанных слов, бестолково умолк, встал и покинул ничего не говоря канцелярию. Дремавшая в углу овчарка что-то почуяла через минуту, поднялась, как по команде, и согнутой усталой тенью ушла по его следу.

Иванчук уселся сам на опустевшее место за столом — а в ту ночь он дежурил по роте — и важно отдал команду сделать мокрую уборку в канцелярии. Студент ожил и потащился на двор за водой. Потом бесшумно вприсядку танцевал карликом на полах, смывая в полумраке с досок кровь, хлюпая тряпкой. Вода в полном до краёв ведре побурела, когда отжимал он тряпку. "Иди воду сменяй, падло..." — буркнул сонливо Иванчук и сморился, не уследил, когда студент с ведром исчез и больше не возвращался.

В промозглой казарме ко времени побудки никто и не спал, только притворялись. Как ни остерегался Иванчук, но он разбудил солдатню своей вознёй ещё ночью. Но никто не подал вида, что разбудили. Долгую ночь вся казарма прислушивалась к тому, как вертухай поднимал шёпотом с коек людей, как они уходили, а вслед за ними новые и новые, и как возвращались. Не понимали — кого, зачем, но помалкивали, слыша доносящиеся из канцелярии глухие крики. У возвратившихся не спрашивали, что с ними делалось. А они быстрей прятались в койках и сами притворялись спящими. С побудкой все как ни в чем не бывало повскакивали с коек, а дюжина человек, покрытая подтёками и синяками, озирались друг на дружку и зло молчали. И день начался, как обычный.

Москвич задушился на половой тряпке, висел под створом ворот, как за перегородкой. Из казармы его по ту сторону, по степную, не могли увидеть. А разглядели, когда рассвело, с лагерных вышек, откуда был виден вздёрнутый на воротах полуголый призрак человека. Собралась толпа солдат, которые бежать должны были на зарядку. Первый появившийся офицер с гладко выбритыми и обветренными по дороге на службу щеками послал будить командира роты, Гнушина, и застрял в толпе, взирая вместе со всеми шагов с пяти на самоубийцу. Такого никто никогда в своей жизни не видел, и хоть стало страшно, все с замиранием глазели, как на чудо, на босые закоченевшие ноги, что не достают до земли, делая мертвое тело москвича невесомым, призрачным. О самоубийце переговаривались. Вспоминали, кто последний видел его в казарме, и кто-то наконец сболтнул, что под утро Иванчук тягал москвича в канцелярию, после всех в эту непокойную ночь. Офицер, молодой взводный лейтенант, обратился в слух и взял для себя на заметку проболтавшегося солдата, смекнув и по вспухшим битым лицам многих, что происходило в роте этой ночью небывалое и что замешан здесь со своим вертухаем не иначе сам Гнушин, а значит и маменькин сынок вешался под утро на половой тряпке не просто так,сдуру. Подле лежало сваленное на бок ведро. Уставившись на это опрокинутое пустое ведро, лейтенант обнаружил, что глядит на подмёрзшую алую лужицу, что вытекла из него, размером с чайное блюдце. Находка объяла молодого лейтенанта прохладным трепетом; он только и думал, что обнаружил следы крови и что уж наверняка — следы преступления. Лейтенанта так влекло к этой лужице, что не удержался и наступил зачем-то сапогом. Алая льдистая корка хрустнула вафлей. На этот звук никто не обратил внимания. Он растерялся от сделанного и больше не подходил к ведру, держался от этого предмета в отдалении, подглядывая за происходящим.

Гнушин слышал за спиной праздные шепотки солдат и храбрился, говоря по сторонам, когда вытаскивали студента из петли и спускали неуклюжее тело на землю: "Повесился, и хрен с ним, места хватает — схороним". Но спрятавшись в ротной канцелярии без конца вспоминал студента, что умолял его этой ночью, будто б просился на волю; "Что же ты жить не захотел, зачем же ты так-то, парень, кто ж тебе смерти желал... Эх ты, студент, кто ж тебя знал, что ты, как бабочка, на тот свет упорхаешь".

К мёртвому студенту Гнушин больще ничего не чувствовал и забыл о нём плохое. Но к оставшимся живым людям, а потому и к себе, испытал в одночасье тоскливое презрение. Надо было доложить в полк, и он сделал это через силу, когда подумал, что собрался с мыслями и готов. Слова его оказались неповоротливы, черствы и он будто б отрешился от жизни, зная, но скрывая всю правду. Гнушин дал себя клевать да терзать, и доклад о самоубийстве солдата, к тому ж москвича, волок самого ротного командира по начальству, как труп. Когда разговор с ним был окончен, Гнушин блуждал уже в полупамяти. Лицо его ни с того ни с сего покрылось меленькой занозистой сыпью, а потом, что ни час, безмолвного командира раздувало, будто рос на глазах огромный багровый гриб. Труп москвича к вечеру увезли куда-то санитарной машиной. А у Гнушина из занозистых ранок по всему телу к вечеру стала сочиться гнилая кровь. Фельдшер из лагерной больнички отказался его лечить и опасливо пятился от увиденного, боясь и сам неведомой этой заразы. Гнушину он сказал, что это может быть и гангрена и что ехать надо в санчасть, где есть серьёзные врачи, а то весь сгорит, как в топке.

И он отправился своим ходом, на ночь глядя, без вещей. Распухшие руки не влезли в шинель. Накинутую на плечи офицерскую гладкую шинелку сдирал своим лезвием ледяной ветер. Следом увязалась овчарка, одичало ступая по той взмыленной грязью дороге, что уводила на станцию и была ей новой, неведомой. Далеко уйдя от жилых мест и людей, Гнушин застрял на полпути посреди степной пустоши, где черно светили свинцовые облака и стекленела под небом осколчатая грязь. Силы не имея и духа отогнать от себя упрямую хромую собаку, которая только тем и привыкла жить, что повсюду за ним ходила, он снова намучился до слёз. Когда остановился, и она замерла в ожидании. Когда стал кричать и как мог угрожал — виновато пятилась, уворачивая от его взгляда сникшую от горя башку. Пнул сапогом. Она пронзительно взвизгнула, откатилась. Но с дрожью, почти на брюхе, снова приползла. "Ну, чего тебя, сука, убивать?! — заорал истошно Гнушин. — Вот, убью, слышишь, расколю башку... Ну, чего делаешь-то? Ну, куда нам двоим? Куда?!" Он заплакал, отвернулся прочь и двинулся один по пустой промозглой дороге. Овчарка ждала и терпела, будто хозяин отдал команду не сходить с места. Резкие очертания его долговязой растрёпанной фигурки спустя несколько минут болотно поглотила темнота. Тогда она сильно, призывно залаяла. Ничего не услыхала в ответ — и кинулась навстречу холодному сырому безмолвию.

В роте было много радостных и довольных, а многие уверовали, что отныне он здесь не заявится командиром. Гнушин же всего через недельку возвратился. Вместе с ним встречали овчарку, хоть тоже забыли поминать, когда уковыляла в ночь за командиром и не отыскивалась на другой день. Гнушин был коротко острижен, как после вшей. Так, по форме, в санчасти карнали всех, и даже офицеров, кто попадал туда неопрятным и заросшим. Его рука покоилась на повязке, похожая в одеревенелой грязной корке бинта на березовое полено. Он ступал по земле осторожно, точно боялся её потревожить, а вела его в казарму грузная староватая женщина, с узелком в руке. Овчарка держалась у её подола и, преданно задирая башку, то и дело чего-то по-щеньячьи ждала от неё взглядом.

Так в роте появилась Мария, которую Гнушин всем назвал своей женой. Лицо скуластое, плотное, но без жестокого выражения, а доброе, как у коровы. Под глазами мешки, щёки синюшные, как изрезанные запойными жилками. Из всех вещей добротным

10—3184

на ней оказалось только новенькое свеженькое толстое пальто — не иначе, купленное командиром в подарок. Женщина слушалась Гнушина, трепетала и молодела, стоило ему заговорить. Среди людей он с ней разговаривать стеснялся. В тот день он ни с кем и не поговорил. Они укрылись в его комнате. Выходя разок за пайком для командира, Мария заискивала перед угрюмо глядящими на неё встречными офицерами, приветливо и охотно знакомилась с солдатами, хотя чувствовалось, что в казарме ей неловко — тут каждый годился в сыновья. "Ничего, что я к вам подселилась, ребятки? Если что кому пошить, постирать, говорите мне, я сделаю, — пугала солдат заискивающая и перед ними некрасивая женщина. — Так это — каша, гречневая? Саня, ой, извиняюсь — товарищ капитан слаб ещё, ему бы в коечку. Ой, какая каша! Ничего, если я и Санечке, ой, извиняюсь, товарищу командиру наложу? Я тихая, я вам не помешаю. Ребяточки, а Александр Иванович хороший человек?" Ей ничего не отвечали, дичились. "Ну я пошла, ребятки? Я черпачок наложила, а вам ещё много осталось!"

Платье на ней было ветхое, серое, как паутина. Старушечье. В следующие дни она носила поверх этого белую парадную рубаху командира, что делало её похожей на повариху. Гнушин, верно, боялся, что жене о нём порасскажут; боялся и того, чтобы сама не сболтнула чего-то — и поэтому сторожил цепко, ревниво каждый её шаг. А казарма ночами томилась, не спала. Выходя утром из укромной комнатки за пайкой, Мария прятала глаза, смущаясь молодых ребят. Сам командир, отрешённый и слабый после госпиталя, чувствовал, что это затишье чем-то грозит. Тайну, чудилось, знал Иванчук: женщина так боялась бывшего надзирателя, что обходила его совсем пряча глаза, совсем убито. А он ловил минутку и не при Гнушине цеплялся к ней да шептал как знакомой — шипел что-то злое в самые уши. Квартирку украшала теперь чистота. И убиралась в ней сама женщина. Иногда было слышно, как Гнушин называл её Машей. Однако неожиданно доносились и крики. Раз или два в неделю командир с овчаркой уходил на зону в караул, а Марию запирал одну в квартире, куда наведывался ближе к ночи. Приносил из караула поесть горячего, супца или каши, а потом совершали они прогулку на сон грядущий и при свете луны прохаживались под ручку по степной дороге от роты до зоны. Напивались степным воздухом, будто чайком, и о чём-то подолгу разговаривали, отводили душу. Гнушин провожал жену в квартиру, а сам возвращался на дежурство в караул, где все спали. А стерегла его приход, не спала, только верная хромая овчарка.

Разрушили в один день эту тайну лагерные надзиратели, когда кто-то из замызганной их братии обратил наконец внимание, что за женщина прижилась по соседству, стала у них под боком офицершей. Мужички эти неожиданно заявились в роту, чтобы своими глазами увидать жену Гнушина. Навеселе встали под окном и кричали, звали её выглянуть. Их вера, что они знакомые с женой командира, была сильной да злой. Так что зябли под глухим безответным окном и прокурили, дымком пустили по ветру побольше часу, жалея с места этого просто так уходить, вспоминая по кругу Марию. Рассказы эти незаметно собрали и толпу солдат. Наговорившись всласть, довольные собой, мужики сыто, тяжеловато ушли, а солдат как голодать оставили под окнами. Они не расходились, зная, что Мария, хоть и не выглянула, прячется в квартире. Когда вертухаи ушли, она не выдержала, распахнула окно. Кто дождался, отчего-то весело загудели. Белая офицерская рубаха на ней колыхалась, как разорванная. Из-под разинутого ворота торчало голое плечо. Волосы казались жирными, маслянистыми, путались и липли к багровому расплывшемуся лицу. "Не верьте им, ребятки! — всполошно, будто из огня, кричала она сверху. — Не верьте!" Солдаты стали стихать и уже растерянно прятали глаза, не вынося глядеть, как она полыхала в бесцветном просвете окна.

Но вертухаи повадились захаживать что ни день под окошко — материли её криком, зазывали-мучили, махая с земли поллитровкой: "Выпей с нами, офицерша! Машка, сука, вона куда попряталась от нас, а ну давай, подруга боевая, вылазь!" Воротясь со службы, Гнушин застал жёнку уже в злых кипучих слезах и она выла, не в силах терпеть больше своих мучений, чтобы отпустил или дал выпить. Гнушин ходил просить у надзирателей не отнимать Марию — забыть, что она есть. Однако мужички разохотились и погнали с хохотом командира: "Чего ж ты, жлоб офицерский, используешь бабу, а стакана ей не нальёшь! Она за водку, за водку — ты испробуй! Ух, как любить будет! У-у-ух!" После этого позора он всего боялся, вздрагивал от каждого шума и отныне выпускал Марию наружу только по нужде, сопровождая её угрюмо, молчаливо до отхожего места и конвоируя обратно, в опостылую ей строгой краской стен квартиру. Мужички заявлялись хозяевами и солдаты собирались за их спинами толпой да глазели с хохотом на бесплатный этот цирк. А на другой раз изловчились — к запертой в квартире Марии пролез по карнизу ради всеобщего веселья ловкий и цепкий, как обезьяна, нерусский солдат и передал через окно бутылку. Встретила она командира добрая, слюнявая, плачущая от любви к нему и покоя — а командир с порога кинулся её топтать да бить. Когда яростная эта обида за себя схлынула, Гнушин увидал избитую женщину, как с высоты и так растрогался виноватым измождённым её видом, что вцепился теперь уж в неё с объятьями и, не помня себя от прямодушной этой пронзительной боли, целовал избитое в кровь лицо.

"Стаканчик бы мне, хоть капельку, хоть на донышке... всхлипывала она с просящей жалобой. — Надо мне, вот только стаканчик, а с завтра умру — не попрошу! Как есть до завтра!" И в тот день, по стаканчику, думая, что стаканчиком излечит под своим приглядом, как доктор, тоскливую беспробудную болезнь, Гнушин напился с Марией водки, и пьяная их гулянка не давала никому в офицерской пристройке сна. А когда очнулся командир под утро, то комната была пустой. Что-то толкнуло его в казарму — и там её увидал. Снова пьяная, в чём мать родила, она улыбалась ему слюняво с солдатской взмокшей койки, приговаривая, как полоумная: "Хорошие вы мои ребятушки... Хорошие вы мои".

Гнушин, весь дрожа, прокричал что-то непонятное, лающее, и бросился от неё прочь. Заперся наглухо в квартире, так что стало его не видно и не слышно. Ненужную уж солдатне Марию подобрали вертухаи. Обрядили, запрятали в частном одном домишке, а ночью утащили в свою конуру, на зону, распродавая до утра знакомым ворам. Сменяясь, уволокли её от чужих глаз подальше за собой в городишко, где гуляли уже сами на те деньги, что она добыла. А командир, когда сошло с него и потянуло снова в казарму, не проронил о Марии ни звука. Только щурясь, как будто прицеливаясь, всё с кривляньем бормотал: "Хороши, ребятушки... Ребятушки, хороши". И потом, крадучись, уединясь в сторонке, следовал повсюду за ними, выгуливал солдат. Казалось, это обходил свои владения злой дух. Они боялись Гнушина насмерть. А командир боялся солдат. И тоже насмерть. Затишье сделало воздух трескучим, морозным, злым. Казалось, что встала без движения сама земля, точно её, как платформу на пологих путях, подпёрли чугунным сапогом.

Но свершилось буднично, как никто не ожидал. Гнушин сидел сутки в карауле, вышел — и на глаза ему попались те самые мужички. Они тоже сменялись и топтались у лагерной вахты, дожидаясь своих. Через минуту он уже кинулся в их гущу и успел только раз ударить первого, кто попался под руку. Солдаты остались стоять в стороне. Но в драку неожиданно ворвалась хромая командирская овчарка и в одном броске впилась кому-то в ногу. Раздался страшно то ли вопль, то ли вой. Мужички стали заваливаться от неё бочком и пятиться. Овчарка склоняла морду, и как-то из-под низу на них рычала, грозно надвигалась, взметая вдруг пасть в оскале, нападая бесстрашно на всю толпу. От бешеных бросков её боязливо отбегали, покуда не окружили. Удар сапога сбил её, настиг на отчаянном прыжке — и тогда попала под сапоги, как под жернова. Драка отяжелела, увязла в нещадной ругани. Пинали, озверевая, падшего долговязого командира, мстили уже за овчарку, за мгновенный свой испуг. Наконец взиравший на это со стороны солдат Иванчук уломал старых дружков бросить его, не добивать. Мужички дрожали меленько, с трудом унимая дух, и расходились; одного, которого порвала овчарка, пришлось им подобрать и понести. Гнушина так и оставили валяться в грязи на площадке у вахты, помогать ему и мараться никто не хотел.

Он растормошился и дотащился сам, спасая не себя, а смолоченную сапогами собаку. Овчарка пожила ещё до утра. Гнушин то плакал, то смеялся, приговаривая: "Труженица моя. Одна ты знаешь, чего делать. Одна ты, умница, делом занята", — и укачивал на руках. Но на следующее утро он уж не смеялся, как блаженный. Он подходил к овчарке, которая больше не радовалась его приходу как выслуженной награде. Тягостно оглядывал — и снова ходил повсюду неслышно, крадучись. После завтрака он вернулся к ней с миской. Овчарка лежала смирно на боку. Гнушин поставил перед ней миску солдатского супа. Погладил строгую гладкую морду, и тогда-то увидал, склонившись над ней, что из пасти вывалился, как флажок мёртвый, алый язык.

То, что сотворилось в считанный месяц с Гнушиным, ещё долго приписывалось его хитрости, его же подлости как человека. Командир с того дня, как спровадили овчарку его хромую на тот свет, не мог слышать собачьего лая. Стоило гаркнуть где-то лагерному псу, как Гнушин сгибался, приседал, затыкал уши — и не двигался. Над ним даже стали потешаться, нарочно, раздразнивая псов: швырнут в самую их ватагу жратвы, а они до издыхания лаются, грызутся. Зная, что Гнушин не жилец, от него все ждали избавиться как от командира. Но его не понизили, не перевели в другое место, а подрубили на корню — уволили из войск. Эта весть не застала Гнушина врасплох и даже не поранила. Он собрал вещички в чемодан. И пропал. Запомнился же он в последний раз таким, каким все его знали и всегда: стойко молчаливо выслушивал что-то от нового командира, молодого, годящегося ему в сыновья лейтенанта, а глаза, немигающие, стеклянистые, глядели голодно вникуда.

БЕГЛЫЙ ИВАН

С полудня солдат знал, что совершили они с майором преступление; что никому они в этот раз не помогли, да и в другие разы, когда ездили будто б для дела, — неизвестно, что это были за дела. С самого утра майор почти не разговаривал с ним, был напряжённым, хмурым. Буркнул, что надо забросить груз, "помочь одному хорошему человеку", но утаил, какому и что ж было затарено в продолговатом, будто гробик, защитного цвета оружейном ящике.

На пропускном пункте их, как обычно, часовые не проверили. Но ящик ненароком и был укрыт майором от чужих глаз; не иначе — от глаз часовых. Он сказал солдату рулить в пригородный район, но не по трассе, а через долину, по старой, рассыпавшейся в прах дороге. В покинутом пустынном месте, на подъезде к большому тамошнему селенью, ждала подальше от обочины чёрная богатая запылённая машина. Майор грубо, нервно приказал тормозить, с минуту отсиделся, огляделся и пошагал разговаривать с вышедшими навстречу людьми. Они сошлись, не здороваясь. Разговор их длился минут пять, после чего двое нерусских парней влезли гориллами в командирский "газик" и, не глядя на солдата, выволокли наружу тяжёлый, подъёмный только для двоих ящик, схороненный на заднем сидении под бушлатами. Майор зябко наблюдал за ними со стороны, будто плыла тяжелогружёная баржа, и когда они бесшумно прошли мимо, пошагал и сам в машину; спокойный, умиротворённый, сказал поворачивать обратно — домой, в гарнизон.

Он уже не поверил тому хмурому серьёзному виду разведчика, с каким майор глядел в даль дороги. Что в ящике автоматы, солдат нечаянно обнаружил сам. Прошло с месяц, как он раскопал на чердаке особого отдела этот ящик, но скрыл свою находку: смолчал по привычке, понимая, что майор и хранил зачем-то его на чердаке. Ключом от чердака, забытым майором однажды в отделе со всей связкой, он завладел без всякой подлой мысли. На чердаке, до того как майор отчего-то навесил там замок, солдат прятал нехитрое, нажитое в гарнизоне добришко. Самодельный нож, ложку с котелком, брюки и рубаху для гражданки — обноски, может, и своровованные в городе тем ушлым медбратом, что сменял их ему на сухпай.

О находке спустя время легко позабыл — странный ящик всплыл утром этого нового дня, будто б утопленник — но сегодня он уже отчаянно не понимал: кто и когда смог затащить ящик на чердак мимо его глаз, а потом также незаметно спустить к утру на нижний этаж, изготовить к отправке; почему увозили они ящик с оружием из гарнизона так скрытно, как если б воровали; откуда и для чего получил майор такой приказ? Вымуштрованный самим же майором, он в приказе видел такую крепость и такой непререкаемый закон, что, казалось, стоит хоть на шажок отступить, сделать что-то самовольно, как тотчас обрушится жизнь. Откроется неодолимое, гнетущее — воняющая парашей болтная толща времени. Тьма.

Суд, тюрьма, лагеря, этапы — были для него чем-то страшным и запретным. Он их повидал со стороны, когда снаряжал особый отдел в ту преисподнюю таких же солдат, но осужденных, проклятых. Ему и тогда было чудно, когда вели их под конвоем, что они ещё живые. Матерятся, дышат, хотят жрать, молят конвоиров о куреве. С полсотни таких конвоировал он на отправку, но ни разу так и не повидал, как хоть один из них выходит на свободу, возвращается, обретает облик человеческий, жизнь... Но майор был его начальником и главным в жизни-то человеком, которому служил он даже не как солдат, а как раб.

Год тому назад он призвался на службу, да угодил так далеко от родины, что свои места в глубинке уже только мерещились. Неизвестно за какие грехи, оказался он служить в пропащей на азиатском отшибе бригаде, что под охраной десятка вечно пьяных офицеров тянула никому не нужную нитку дороги. И не рота, и не служба называлась "командировкой", туда командировали отбракованных солдат для этих каторжных безрассудных работ, стоящих намертво в планах у начальников, может, тоже им спущенных сверху. Жили в голой степи, в палатках, питаясь плесенью да гнилью, и самые живучие добывали себе консервы. Дорогу прокладывали по метру в день; верно, списывали на неё где-то немалые деньги, воровали стройматериал, так что работать в командировке было уж почти нечем да и некому. И солдатня, обречённая на эти работы, и офицеры оказались сцепленными одной участью. Из обречённости и порядки в бригаде завелись особые, каких не бывает даже у зверья.

Новобранцу, когда его привезли к ним, в бригаде возрадовались, как если бы женщине — полнотелому, белокожему. Самые живучие из солдатни, те, кто правил всей этой полуголодной диковатой толпой, отобрали его к себе в палатку и посулили в день по банке тушёнки да свободу от работ. Хотели с ним договориться по-доброму, жалея поуродовать. Он и не знал, что так бывает, и не понимал, чего от него хотят, рождая у них радостный гогот. За это простодушие его не тронули в первый день, но на другой затеяли драку. А он был крепок, отбился, так что стали бояться нападать на него даже оравой. Он ложился на нарах в чём работал, в сапогах и в бушлате, и не смыкал глаз, что ни ночь готовился к драке, сжимая на груди заточенный железный штырь арматуры. Понадеялся на свои силы, а их у человека есть про запас только чтобы выжить — из пут вырваться.

От многодневной бессонницы он поослеп, ослабел, и однажды потерял сознание. Для верности оглоушив, тело перенесли в палатку поукромней и делали, что хотели. Очнулся он от ледяного холода. Голый, с банкой тушёнки в окостенелой руке. Толком ничего не помнил. Собрал вокруг, будто б наскрёб, клочки тряпья, что содрали с него. Обрядился в те клочья. Передохнул. И пошагал — убивать, сам синюшный весь да неживой. Громил в беспамятстве всех, кто попадал под руку. Потом очутился в руках штык-нож. Бросился наружу. Побежал по дощатым мосткам вдоль палаток. Опомнился уже в одиночестве, когда все куда-то пропали и в палаточном лагере только гулял ветер. Валялись кругом бездвижные безоружные тела в лужах крови. И все руки его были вязки, черны той холодеющей чужой кровью, похожей на смолу. Начальник бригады был пьян. Он долго тормошил его, мычащего, что малое дитя, чтобы сдать себя в его власть, под арест. Даже тогда он не подумал бежать, а хотел почему-то суда. Но ходить в одиночестве на свободе, пугая одним своим видом, пришлось ему ещё долгих три дня. Столько надо было времени, чтобы добраться на "командировку" следователю и конвою из гарнизона.

Приехал сам начальник разведки — майор особого отдела, как было ему, верно, тошновато ездить; в такую глушь, на грузовике с отрядом спецроты, наводить порядки в разложившейся бригаде. Солдат, что устроил резню, был в мыслях майора не живей трупа. Он ехал, чтобы забрать походя этот труп, как и трупы двух безвестных — зарезанных в бригаде. "Командировка" была проказой для всего боевого соединения. Но происходящее в ней надо было терпеть, как нельзя было прекратить прокладывать дорогу-призрак и расформировать бригаду. Желая того или нет, майор должен был скрыть следы происшедшего, смолоть в меленький порошок всё тамошнее зло и пустить по ветру.

Под штык-нож попали двое из калмыков. Чтоб схоронить без шума чабанских этих детишек, долго думать было не надо. Народец такой, что не посмеют там у них вякнуть. Родня их и по-русски не прочитает. Хоть без голов закатай в цинкачи. Майор организовал. Нагнал солдатни, нахлестал по мордам, чтобы пробудились от спячки, и вот уж сготовил ловкую ложь: что те двое калмыков не соблюдали технику безопасности. Задавило их на работах, несчастный случай, не там стояли, да и всё.

Солдатика — что был и жертвой, и убийцей — майор застал, показалось ему, невменяемым. Другой в его шкуре забился бы в уголок, света бы дневного боялся. А этот орал от бешенства, если надо было на вопросы отвечать, и затихал только тогда, когда майор прекращал допытываться, кто ж это его да как. Майор злился, но вынужден был уже доверительно убеждать, что случившееся нужно накрепко позабыть. "Ну, жалко мне тебя сажать... Ты ж не виноват. Не виноват! Зачем тебе это нужно, чего ты за этих черномазых цепляешься? Ну, не посадим, но ведь и ты останешься на свободе. А что мы докажем, если сядешь вместе с ними? Погибнешь, затравят тебя. А они выживут, их сто раз выкупят. А у тебя чего, отец и мать миллионеры? Ты о них подумай, для таких, каким тебя сделали — тюрьма, сынок, это как лютая смерть, всех-то ножичком не пырнёшь!"

Солдат не понимал, чего от него хотят, какую предлагают сделку, и поначалу только тряс удивлённо головой, отнекиваясь. Поражённый неприятно тем, как долго пришлось с ним возиться, майор в конце концов достиг своей цели, и ему оставалось избавиться от сломленного, одураченного уговорами паренька — пристроить, запрятать куда-нибудь. Из "командировки" майор увёз его за собой в гарнизон. Солдата спрятали в лазарете, временно, до решения его участи. Но в лазарете, куда просочились от спецротовцев слухи о том, что сделали с э т и м на "командировке", дрался он и грызся за каждое обидное слово, жил среди солдатни изгоем — отказывались с ним спать в одной палате, кормиться из одной посуды. Так недолго было до новой поножовщины. Майору ничего не осталось, как перевести э т о г о на жильё в особый отдел. В особом отделе солдат прожил с неделю, когда майор заметил, что парень-то выздоровел да привязался к нему, будто к отцу родному. Преданность эта не имела никакой стоимости, она не была куплена или вышиблена страхом. Майор, один из всех людей в гарнизоне, поневоле общался с ним и не брезговал делать то, от чего он уж отвык среди презиравших его людей. Разрешил ему ночевать не в казарме, а в комнате особого отдела. Разрешил носить и порцайку в отдел. Мылся с ним в бане, доверяя потереть себе спину. Затравленный в закут особого отдела, солдат только от майора не слыхал гадливых попрёков, и уверовал, что лично служит этому человеку, который спас ему жизнь. Он до того возвысил ум и личность майора, что над словами его, глупыми и злыми, боялся задумываться или сам себя в них запутывал, искал неведомый, скрытый смысл. То же и с душевными качествами — он слепо уверовал, что честнее и добрее человека нет. Видел в этом человеке один яркий свет.

Майору поначалу было приятно купаться в рабской преданности и осознавать, что он просто так спас обречённого на смерть человека и что ничего ему это не стоило, взять да приобрести для своих надобностей даже чью-то жизнь. Солдат управлялся умело с машиной — и стал шофёром его личным. Обладал недюжинной силой — и стал своему майору живой бронёй. Его травили, что оказалось тоже на руку начальнику: солдат ослеп, онемел и оглох для других, для мира всего, превратившись в человекоподобный механизм. Он видел только хозяина, только с ним разговаривал, и привык слышать только его речь. Он был замком, ключ от которого имелся лишь у майора. Он сам ненавидел и презирал ответно людей, которые превратили в посмешище его горе, и потому его тлеющую ненависть к людям всегда было можно раздуть, для своей пользы — и направить на того или иного человека, место. Пустить в дело.

Любовь к начальнику — то ли хозяину, то ли отцу, была чувством, единственно очеловечивающим его, отчего он ещё мирился с жизнью, которая на девятнадцатом году вдруг надругалась над ним, разжевала да выплюнула. И в делишках бесконечных, что стряпал майор в гарнизоне, и в тёмной, подпольной службе эта любовь и преданность хранили его, будто яблочко, от гнильцы. Даже в особом отделе он не сделался человеком подлым, привыкшим к обману и хитростям. А солдатики-особисты под его боком к тому давно привыкли. Воровали из солдатских посылок, которые они, особисты, проверяли по службе своей. Вскрывали переписку, идущую от матерей к солдатам, из-за жалких рублей, которые иная сердобольная мамаша вложит в конверт, сынку на сигареты. А то и рвали их из обыкновенной подлости. Обманывать исхитрялись своего начальника, майора, и если случалось быть пойманными за руку, то спихивали вину друг на дружку.

Майор почти не знал чувства отвращения. И мог бы лягушку, но собственноручно замученную, без соли и перца съесть. Однако же чья-то искренность, к примеру, рождала в нём в конце концов отвращение. И ещё, не стыдясь своего служку, он полюбил с ним откровенничать, г о в о р и т ь, вываливая всё то, что гноил в своей душе. Раб выслушивал его молча да покорно, а он и за это потом мог взъяриться на него, за эту свою болтливую уродливую откровенность. Майор, чувствуя свою полную власть над ним, уже наслаждался её применением — и паренька день за днём притеснял, бывало, что и бил. Гневался и расправлялся с ним и по делу и без дела с такой, бывало, яростью, что чистая любовь к хозяину смешивалась у солдата месяц от месяца с гнетущим страхом. Он боялся уже каждую минуту, боялся сказать и боялся промолчать, боялся ходить или стоять, не зная в точности, чего хочет от него хозяин. И если первый месяц службы у майора ходил счастливый, то спустя время чаще и чаще мучился без видимой на то причины: вот взглянет на небо или даже в пустую сторону, в пол, — и почувствует боль.

Теперь он не чувствовал ни боли, ни страха... Мягкая пыльная степная дорога стелилась точно б не под колёса, а прямо под ноги. Майор поневоле оглядывался на своего раба и нарушил молчание, сделав недовольный выговор: "Гляди, куда едешь, идиот. Чего рот разинул?! Чего мечтаешь?" — "Так точно, товарищ майор". — "Чего точнакаешь? Ну, чего ты бубнишь там мне?" Сердце его больше не колол своими дикобразьими иглами холодок опасности. Отмучившись, майор уж с удовольствием мучил солдата. "Не нравишься ты мне всё больше, вот что я скажу... Надоело на рыло твое глядеть немытое, понял?" "Так точно". Майор продохнул и освоился с этим новым ощущением лёгкости, важности — почти любовался собой. Но вдруг солдат проронил скорбные, молящие слова: "Товарищ майор, зачем вы автоматы им дали? Что мы в гарнизоне скажем? Что ж мы сделали?"

Майор дёрнулся к солдату, да так неуклюже, что с головы как срезало фуражку. Взгляд его был стремительный, яростный, но вместе с тем — вопрошающий, обиженный. Это было удивление, что посмел тот шпионить за ним, и властное желание сразу ж раздавить, прикончить. Но криво улыбнулся, помедлил и почти с нежностью произнёс: "Доедем, руки после тебя вымою, и пошёл вон... Мне в особом отделе пе-де-рас-ты не нужны!" Начальник жадновато ловил отзвук своих же слов и глядел, как они вбивались, будто гвозди, одно за другим в этого человечка, что и вправду немощно, глухо мучился у него на глазах. Эти немощь и боль солдата внушили майору отнятое было чувство покоя.

Он обрёл глупый самодовольный вид, как если б всего и надо было свести счёты с провинившимся рядовым, который право имел только на одну эту смертельную ошибку. И едва он успел обмануться в своём служке — прозрел, что мог тот думать, решать, чувствовать без его-то запрета или разрешения — как сам совершил и смертельную ошибку, упрямо не желая понимать, что лишь доверием да уважением заслужил над ним власть. Теперь он лишил себя этой власти, лишился нечеловеческой преданной любви. И нужна ли была солдату спасённая жизнь, если не задумываясь он бы пожертвовал ей, понадобись это майору? И была ли на свете пытка, которой боялся он больше, чем вечный испуг не угодить майору; с делом, им порученным, не справиться, или как-нибудь ещё оплошать в его глазах? Только б остаться с достоинством! С тем достоинством человека, в которое когда-то на допросе заставил майор поверить, но сам же надругался над ним с лёгкостью, отнял.

Самодовольство так и застыло маской на лице майора. Он даже не успел осознать того мгновения, когда обрушилась на него смерть. Солдат с левой руки вдруг стукнул начальника разводным увесистым ключиком по голове. Как случилось в бешенстве — не целясь, вслепую. Но хватило только одного маха, чтоб железо насмерть клюнуло тренированного крепенького майора прямо в висок. Тот охнул, испустив рваный глухой стон, и завалился грузно на солдата, а потом снова перевалился, как мешок, когда машину от удара резкого по тормозам занесло поперёк дороги. Солдат дрожал, не постигая, что сделал. "Товарищ майор! Товарищ майор!" — жалобно вскрикивал, думая, что начальник жив. Кровь тонкой нестрашной струйкой протекла изо рта. Но майор не дышал и глаза его стеклянно безразлично глядели на убийцу. Солдат клонил, как на плаху, головушку, прячась от этого взгляда, не понимая ещё, что улетучилась из хозяина жизнь и это развалился на сиденье, глядит на него с остекленелым холодом труп.

В степи на много километров вперёд не было видно ни облачка, ни души. Голубая даль, что расстилалась до горизонта и баюкала взгляд, вовсе не манила уснуть, а молчаливо, властно ждала подношения и клонила покориться своей вековечной дремотной воле. Солдат отвернулся от трупа, свесил ноги из кабины, где пахло бензином да мокрой тряпкой... Обездвиженная командирская машина будто б плыла тем временем по спокойной твёрдой глади степи. Он выплакал и гнев свой, и любовь, и страх, и боль. Сойдя на землю не чувствовал под ногами опоры. Только камень невесомо твердел в груди; даже не камень, а камешек, что вложился б в кулак.

То, что он начал делать, походило на желание не избавиться от трупа, а похоронить тело майора. Теряя времечко, что с минуты убийства сыпалось, как в прореху, он кротом уткнулся неподалеку от дороги в землю и рыл неуклюжей сапёрной лопаткой — то ли яму, то ли могилу.

Сделав окопчик — неглубокую, по пояс, щель в земле — потащился к машине, весь залепленный глиной, песком, сам как неживой. Взвалил его на себя и, шагая с той ношей, злой уже от работы этой земляной червя, заговаривал: "Что же ты меня так? Тебя что ж, уговаривать надо, гад? Служил бы я себе... Ездили б мы с тобой... А ты, гад, всё спортил... Я тебе не желаю зла, а ты зачем мне так сказал? Ну, зачем так-то?! Человек ты или кто! Я ж тебя уважаю, всё делаю для тебя, как говоришь, терплю, молчу".

Он задыхался, усыхая голосом, но снова и снова, пока не освободился, однообразно-напевно повторял почти все те же слова. Свалив с плеч послушное неживое тело, солдат со строгим выражением лица стал обыскивать начальника. Так он завладел его документами, оружием табельным — пистолетом, связкой ключей. А в тыльном кармане кителя обнаружил спрятанные там майором не иначе часом назад, будто голенькие, без кошелька, зеленоватые листики денег, каких никогда ещё в своей жизни не держал в руках.

Деньги и пистолет он бездушно просто оставил для себя, а остальное, судорожно — в могилу, куда скинул и замаранный кровью бушлат. Хоронил он уже и не тело, а всё скопом, что уволакивала за собой эта смерть. Могилка майора темнела средь суглинка, похожая на кострище. Солдат по слабости не мог подняться с колен. Он сидел, как молятся мусульмане, одиноко возвышаясь над тем холодным пустым местом, бессвязно что-то бормотал, тосковал по человеку, которого убил.

Оглавление

Олег Павлов

СТЕПНАЯ КНИГА

Лицензия ЛР № 070054 от 16.08.96. Редактор А. Мирзаев. Художественный редактор А. Веселов. Технический редактор М. Гутенберг. Компьютерная верстка О. Леонова. Корректоры Е. Дружинина, Е. Коваленко. Компьютерное обеспечение Е. Падалка, А. Буреев. Подписано в печать 18.09.98. Формат 60 x 88 $^{1}/_{16}$. Гарнитура Академическая. Бумага офсетная. Печать офсетная. Усл. п. л. 10. Тир. 2000 экз. Зак. 3184.

Издательство "Лимбус Пресс". 198005, Санкт-Петербург, Измайловский пр., 14. Тел. 112-6706. Отпечатано с оригинала в АООТ «Типография "Правда"». 191119, Санкт-Петербург, Социалистическая ул., 14. Тел. 164-6830.

ISBN 5-8370-0213-8